誰にでもある生き方

美和子の場合

悠子
Yuko

文芸社

目次

突然の知らせ

美和子は、五十二歳。

離婚して、横浜のアパートでひとり暮らし。

仕事は、不動産の事務職をして五年になる。

その前の二年間、料理が好きな美和子は、鎌倉の懐石料理店で調理補助の仕事をしていた。

結婚してから働いたことがなかった美和子は、調理補助の仕事を得て、毎日がとても新鮮で楽しかった。料理長が考えた月替わりの献立は、季節感に溢れ、とても素敵だった。

板前の圭介とは、そこで知り合った。圭介は、料理長の次の二番手だった。

料理の世界は、技術と経験とセンスがものをいう厳しい世界だ。

年下とはいえ、圭介は美和子に対しての指導に容赦なく、とても厳しかった。男のように扱われていたのだ。美和子は圭介に言われたことができなくて、泣くつもりはなくても自然に涙がこぼれることもしばしばであった。

なぜ、できないのか、できないはずはないのに……と悔しくて、練習を繰り返していた。女がこの年齢で板前を目指しているわけではないが、うまくなりたい、褒められたいと思いながら、毎日一生懸命だった。

ある日、貸し切りの大きな仕事が続いたあとで、オーナーが従業員の慰労会を焼肉店で開催してくれた。

堅苦しい話のない和気あいあいと楽しい食事会ができた。学生時代の部活動の打ち上げのような、居心地の良いひとときが過ごせた。

その時まで、美和子は圭介に対して何の感情もなかった。厳しい先生と出来の悪い生徒という関係だった。

店はランチタイムが終わると、夜の営業時間までは休憩だ。夜の予約状況で休憩の時間は変わってくるが、通常は二時間ほど確保できる。その休憩時間に体を休めたり、おしゃべりしたり、買い物に行ったり、喫茶店でティータイムをしたりした。

美和子は、夜の予約状況でランチタイムが終了次第帰宅し、休憩時間のあとにまた仕事に戻ったりと、その日その日で勤務時間に変更があった。

その日は、ランチタイム終了後に帰宅する日だった。帰りに外で圭介といろいろ話していたら、あっという間に時間が経ち……もっと話がしたいなあと感じた。

鎌倉にはおしゃれな喫茶店があり、いつしか圭介と一緒に行っておしゃべりするようになった。これからの夢、今までどんな仕事をしていたかなどを語り合い、自然に仲良くなっていた。

半年経ち、料理長との方向性の違いから圭介は辞めることになった。美和子もちょうど、休憩時間のないフルタイムで働くことを考えていたので、同じ時期に辞めることになった。

圭介は、知人に紹介された店で働くことを決めた。

何となく不動産に興味があった美和子は、求人情報を見ているうちに、「あっ、これだ」と閃く募集があった。

運よく社長に気に入ってもらい、不動産屋の事務職に転職した。最初の一ヶ月は覚えることが多く、地図とにらめっこして賃貸物件の間取りや場所を調べたり、駐車場の紹介をしたりした。三ヶ月経った時には、来店客の接待ができるようになった。

圭介も新しい店で慣れてきて、お互いに新しいところで頑張ろうと励まし合った。

圭介は板前の仕事に対して夢があり、ホテルなどの大きい規模の調理場の料理長として働きたいと言っていた。今働いているところは居酒屋に近い環境で、納得がいく仕事ではなかった。

圭介は高校を卒業してから板前の道に進み、二十六歳の時、横浜に来て頑張ってきた。板前の仕事に対する疑問が湧き、「自分は何になりたいのか？　このままでいいのか？」と悩む時期もあったという。会席料理の仕事がしたくても募集はめったにない。募集で多いのは臨時のスタッフや新規オープン店だ。

気が強く、負けず嫌いな圭介は、自分の仕事ができるところはあるのかと悩みながら九年経っていた。

そんな時、群馬県の温泉地にあるホテルで料理長をという話が降って湧いた。圭介なりに悩んだが、このまま横浜にいて疑問を持ちながら仕事をするくらいなら行ってみよう、三年の約束なら頑張ってこようと決心。平成十七年十月二十五日、出発した。圭介三十五歳の時である。

その温泉地は、とても自然豊かなところで紅葉が有名だ。観光客がどっと訪れる人気の地域である。圭介が勤め始めた温泉ホテルは、約三〇〇人が宿泊できる大型ホテルであった。

秋の行楽シーズンが終わっても、年末年始にかけて客は多く、正月にはおせち料理も手作りで振る舞い、圭介は横浜にいる時より充実して仕事をこなしていた。

特別な客には、季節に応じて特別に献立を作り、張り切って仕事をこなしていた。

スキー場が近くにあるので、冬になると温泉とスキーを楽しみに来る客も多く、団体客の昼休憩場所でもあり、とても忙しく、本当に思い通りの仕事ができるようになったという話に、美和子は嬉しかった。

尾瀬も近いので、散策途中の休憩場所として五月も賑わう。

ホテルの仕事は朝早く、一日中拘束される感じだが、慣れて時間に余裕ができれば、スノーボードなども楽しむことができる。横浜の生活からは想像できないくらいに自然に密着して、素晴らしいと思えるところだった。


圭介が温泉ホテルの仕事にすっかり慣れてきた頃だった。

平成十八年七月二十日の朝。

美和子は横浜のアパートで、いつものように仕事に行く準備をしていた。歯ブラシに歯磨き粉をつけて、口に入れた途端に電話が鳴った。圭介の妹の亜紀子だった。

「おはよう。どうしたの？」

「美和子ちゃん、知らないの？」

「何？　何？」

「圭介が、くも膜下出血で運ばれたって。今、母さんから電話あって……」

「えっ？　何も聞いてないよ」
「手術するにも身内が行かなきゃだめなんだけど、美和子ちゃん、どうする？」
「信じられないけれど……、聞いた以上はとりあえず行く準備をするから、できたら連絡するわ」

圭介との関係は、ここのところうまくいっていなかった。二日前に圭介とは最後のつもりで話し合いをしていた。

それなのに、こんなことになるなんて……私が、行かなきゃ。いや、私が行ってどうするの？　圭介のことは終わりにしようと思っていたじゃない……。

いろんな気持ちを抱えながら、昼頃、美和子は亜紀子と横横道路、第三京浜、環八から関越と車を走らせた。心配で頭の中がいっぱいで、どうやって行ったかわからないほどだった。圭介が運ばれている脳外科病院に駆け込んだ。

ＣＴ写真を見ながら現在の症状の説明を亜紀子とともに受けた。

「広範囲の脳挫傷、頭蓋骨骨折（頭蓋底、錐体骨）。脳挫傷により、出血が増大して脳が腫れてくると命にかかわります。脳の一部の腫れや出血であれば手術の適応になりますが、脳全体に病変が生じた場合は、手術できないこともあります。痙攣を起こし、脳が腫れて状態が悪化する場合があります」

医師は説明を続ける。

「骨折が中耳にかかっており、耳出血が見られています。自然停止が期待できますが、頭蓋内感染にて髄膜炎を起こすと致命的になることがあります。この脳の中のたくさんの白いものは出血しているところで、耳出血したのが結果的に、脳全体がこの程度の出血で終わっているといえます。

患者さんは、中性脂肪高値、肥満があり、〝肺塞栓〟が生じる可能性が高く、要注意です。肺塞栓予防のヘパリンという薬は、外傷の場合、出血を増やすために使用することができません。要するに血液がドロドロ状態で、血栓が脳に飛ぶと致命的なので薬は入れられないので了承してください。これ以上脳が腫れないようにする薬は入れられます。今言えることは、ここ一週間がヤマになるということです」

先生は淡々と表情を変えないで説明する。

「仮に危険な状態を脱したとしたら、どうなるのですか？」

と美和子は聞いた。

「元には戻ることは、ないです。仮に危険な状態を越えて命にかかわりなくなったとしたら、後遺症として残るのは、臭覚、味覚、記憶の障害……」

先生の言葉が頭の中でリピートしている。板前の圭介が臭覚、味覚を損なうなんて。この事実を彼は受け止められるのかと、美和子は恐れた。


「いったい何があったの？　くも膜下出血って？」

亜紀子が一緒にいた圭介の仕事仲間に聞いた。

「私が呼ばれた時には、頭を打って倒れていて、出血がひどく、すぐに救急車を呼んだのです」

原因は、今となってはどうでもよかった。

圭介は、このままの状態で死ぬのか？　夢を追っていたはずなのに、このままで……？

ＩＣＵに横たわる圭介は、ベッドに手をつながれ、耳は大きいガーゼで覆われていた。太った体は変わりなく、すぐにでも起き上がってきそうな気がした。顔は浮腫《むく》んでいるようだった。

先生がおっしゃっていた、脳が腫れていることなのかしらと顔を近づけると酒臭い。

美和子は話しかけてみた。

「圭介、わかる？」

すぐに看護師に言われた。

「今、頭を動かすと危険ですから、動かないように寝かせる薬を入れています。だから、安静にお願いします」

美和子は、心の中で圭介に呼びかけた。

「こんなことになるために、横浜から離れて温泉地に来たわけではないでしょう。これで人生が終わってしまうなんて、なんて大馬鹿野郎なの」

思い出してみれば、二月からは客の少ない期間であり、酒の量も増えていたようだ。

もともと酒は好きなほうだ。責任ある仕事をしていたはずなのに……。

圭介を家族と病院にお願いして帰るか、それとも、ある程度見通しがつくまで、圭介のそばにいるかと美和子は迷った。

突然起こった出来事。美和子は戸惑い、答えが出せなかった。

「最善の方法は、何？　どうしたらいいの……」と頭の中はいろいろなことでパンクしそうな状態であった。


反応のない圭介を見ているうちに少し落ち着き、亜紀子とやっと話ができた。

美和子は親族ではないので何も決定権はない。亜紀子が方針を決めた。

「とりあえず、今すぐ手術ってことはないみたいだから、二、三日様子を見ましょう。今回は、美和子ちゃんが残って。私はいったん帰って、両親と相談してくるわ」

「わかったわ。私も急に仕事を休んできたので、三日間だけここで様子を見ているわ。それまでに、何らかの形で回復してくれればいいのだけれど……」

美和子は、亜紀子を最寄りの駅まで送っていった。

その夜は、圭介の部屋でいろんなことを思い出し、寝ようと思って目を閉じても眠れなかった。

翌朝、美和子は宿泊先から病院へ行った。

圭介は、昨日と同じＩＣＵのベッドで横たわっていた。まだ意識朦朧としていて反応がない。近づくと、まだ酒の匂いがする。一日経っても匂いが消えないなんて、どれだけ飲んだのかと思う。

ベッドに縛られ、唸っている圭介は哀れだった。

美和子は、圭介を見ながら、自分の本音を探っていた。

「私は、この人にいったい何を……求めていたのか、何を思っていたのか……」と。

圭介の状態は、あまり変わることなく三日間が過ぎた。美和子は冷静に考え、これからのことを見極めようと横浜に帰った。

同じ日、亜紀子と両親が長期戦を覚悟で温泉地の圭介の部屋に向かった。

圭介とのこれからは？

八月二日、美和子は休日を利用して、圭介の様子を見に行くことにした。

圭介は、美和子が横浜に帰ってからほどなく意識が戻ったのだ。美和子が病院に着いたとき、圭介はベッドの上で看護師さんと楽しそうに話をしていた。

「圭介、こんにちは」

「おっ、来たか。どうしたの？」

まるで、すっかり元気になったかと錯覚する反応だ。ところが、次の言葉で病状がわかる。

「あのな、お前は先に帰っていいよ」

「どうして？」

話を聞いていた美和子は調子を合わせる。

「お前は、危ないから、俺が決着をつけてくるから、先に帰って待っていて」

「圭介のほうが危ないよ」

「俺は大丈夫だ。ラーメン食べて帰れよ」

「わかったわ」

圭介が何を言いたいのか、わからない。話のつじつまが合わない。表情は以前の圭介に戻っているが、やはり話の筋が通らない。どうしたものか。先生からは聞いていたけれど……。

これが、せん妄状態だという。意味不明なことを言ったり、ありえない行動をしたり、不自然な動作をしたり、妄想の中にいるようだ。

圭介との会話は普通に戻るのか。これが脳挫傷の後遺症で、時間はかかるけれど、毎日のリハビリで少しずつ戻るのかしら、と美和子は不安に陥る。

圭介は夜に病院を脱走したことがある。病院が気づいたのが早かったので、大事には至らなかったのだが、その行動が読めず、とても心配だ。

圭介がリハビリに行くというので、美和子はついていった。

リハビリ室に着いて、机の前に座った。療法士が箱と箸を持ってきた。箱の中には、大きさの違う豆類が入っていた。箱の中の豆類をもうひとつの箱へ箸を使って移すという訓練だった。

圭介は、「練習します」と言うものの、療法士がいなくなると、

「こんなことして、なんになるんだろう。ふざけるな。お前がやれよ」

などと言った。

「良くなるためのリハビリだから、やろうよ」

「いいんだよ。こんなことできるか」

反抗的で、療法士の目を盗んでは、さぼる。

リハビリが終わり、病室のベッドに戻ると、面会時間も限りがあるので、美和子は腰を上げた。

「圭介、今日は帰るね」

「おう、俺は行くところがあるから、送っていけないからな」

「大丈夫だよ。じゃあね」

表情は元に戻っていると思ったけれど……時間かかるだろうなあと、ため息をつきながら美和子は病院を後にした。


八月九日の休日も、美和子は、迷わず圭介の病院へ向かった。

「おう、来たのか」

「元気そうね」

圭介はベッドの上に座り、入院しているとは思えないくらい、看護師さんと普通に話していた。

「何してるの？」

「大事な話をしてる」

「痛いところはない？」

「ない。心配しなくていい」

「わかった」

「今から戦いに行かなきゃいけない。お前は、帰れ」

「怖いね。危なくない？」

「大丈夫だ。お前は、帰れ」


亜紀子から、この一週間の圭介のことを聞いた。

「話の内容は全然ダメ。子供の頃のことはよく覚えていて、記憶が戻ってきているのかと思った。髭剃りを持って、『この携帯は最新の物で、この前買ったばかりなんだ』って言った時はびっくりしたわ」

「やはり、元に戻らないのね」

「ほんの少しずつ戻っているような気はするけれど」

「少しずつね」

「焦ってはいけないよね。圭介自身が頑張ってると思うよ」

「帰るね。変わったことがあったら知らせてね」

美和子は、これからのことを真剣に考えようと決意した。

脳障害についてインターネットで検索していると、「高次脳機能障害」という言葉が出てくる。「何だろう？　あまり耳にしない言葉だけれど」と思いつつ、美和子は書きとめる。

「高次脳機能」

知覚、記憶、学習、思考、判断などの認知過程と行為の感情を含めた精神機能を総称する。

「高次脳機能障害」

脳が損傷されたために、高次脳機能に障害が起きた状態をいう。

「障害の臨床像」

注意力や集中力の低下、古い記憶は保たれているのに新しいことが覚えられない、感情や行動の抑制が利かなくなる。よく知っている場所や道で迷う。言葉が出ない。周囲の状況に見合った適切な行動が取れなくなり、生活に支障をきたすようになる。

（参照／帝京平成大学健康メディカル学部臨床心理学科　中島恵子）


ある時、「高次脳機能障害」についてのテレビ番組があった。

ある少年がスノーボードでケガをして、長い病院生活を経て復帰するまでを放送していた。その中の主治医は、

「脳の正常な部分が損傷を受けた部分を補うようになり、障害を克服できたのだと思われる。脳の持っている素晴らしい力でしょう」

と話していた。


希望が持てる言葉だったが、美和子は、これからのことを考えた。

圭介もこの高次脳機能障害になっている。

やはり、これは、回復に本当に時間がかかる状態だ。美和子自身の人生をかけてできることではない。圭介の両親に任せようと思うほかなかった。

圭介とはいろいろとあったけれど、これから障害を克服して、迷惑をかけた人たち

に恩返しができるようになるまでは遠くで見守っていこう。
そして、圭介は、きっと良くなると信じようと自分に誓った。

従姉との別れ

美和子には、一歳上の瞳という従姉がいた。

小さい頃から一緒に行動することが多く、何でも相談していた。勉強のこと、親への不満、服装のこと、もちろん、恋愛のことも……姉妹以上の存在だった。

瞳は、地元の進学高校を卒業して京都の短大の受験はしたが、進学するつもりはなく、京都の茶道専門学校へ進んだ。美和子には理解が及ばず、

「なぜ、茶道専門学校に……行きたかったの？」

と質問したが、瞳は、

「お母さんが、行きなさいと言ったから」

と涼しい顔で、表情を変えることなく言った。

美和子は、瞳は親の言うことが素直に聞けるのか、と自分と比べ、不思議だった。

良い子ぶっているのか、本当にそうしたかったのか、することが決まらなかったたか

らなのか……、いずれ聞いてみようと思っていた。

美和子が大学に進んで神戸に住むようになってから、瞳は美和子の下宿に遊びに行きたいと言った。

美和子が大学一年生で、瞳が専門学校二年生の冬休み、実家に帰る前に瞳は美和子の部屋に寄った。

慣れていない手料理などを振る舞って、同じ布団で寝て……楽しい一日だった。

翌日、瞳を駅まで送った。

「また、帰ってからね。気をつけてね」

「ありがとうね」

と、瞳は笑顔で手を振った。


次の日の朝早く……母から電話があった。

「大変なことになった。瞳が階段から落ちて大ケガしたよ。すぐ帰ってきなさい」

「どんなケガなの?」

「とにかく、帰ってきなさい」

美和子は手と足が震えていた。

病院のベッド、酸素テントの中に、長い髪が全て剃られ坊主頭の瞳が横たわっていた。

そばにいた瞳の弟の覚に聞いた。

「何？　どうしたの？　何があったの？」

「階段から落ちて、頭を打って、内出血して……とりあえず、内出血を取り除いたけれど、三日間意識が戻らなければ意識の回復は難しいでしょうと言われたよ」

「なぜ、瞳は階段から落ちたの？」

「推測でしかないけれど、薬が散らばってたので、薬を取りに行って、階段の上で気分が悪くなって落ちたのかな？」

「昨日、一緒に寝たのよ。過去に戻れないの？」

美和子は驚きと悲しさでいっぱいになり、涙がボロボロと落ちた。

大学が冬休みの間、美和子はずっと付き添い、

「神様、お願い、どうぞ瞳を助けて。こんな綺麗な人はいないよ。連れて行かないで。お願い」

と、瞳の回復を祈り続けた。

だが、祈りの甲斐もなく、意識の回復はなかった。

美和子は後ろ髪を引かれる思いで大学に戻った。それからも毎日祈った。

「神様、お願いです。私が春休みに帰ってくるまで連れて行かないでください」と。

春休みになり、美和子は急いで病院へ行った。意識は戻らないままだったが、瞳は生きていてくれた。

「瞳、ごめんね。今日からは私がいるから、目を開けていいわよ」

と呼びかける。

焦点の合わない目を大きく開けて、何を見ているのか……。何も食べられず、点滴だけだったためか冬休みの時より痩せてしまい、骨と皮だけになっていて悲しかった。どうにかならないのかしら？　何もできない自分の無力さに美和子は悔しかった。

美和子が大学に戻っている間、瞳は開腹手術をしていた。血便が出て調べた結果、手術をすることになったのだ。術後もあまり良くなくて心配だった。

美和子が春休みで病院に通っている時、瞳の弟の覚は高校受験を迎えていた。ぎりぎりで私立の進学校に合格し、その結果を知らせに病院に来た時に、急に瞳の容態が悪くなった。大きい目を開けてキョロキョロしていた。それから、看護師、医者、その場にいた親戚に見守られながら息を引き取った。二十歳で……。

嘘でしょう。目を覚ましてよ。お願い。いろんな言葉が、美和子の頭の中を巡った。

死ぬって……どうなるの。どこへ行くの。

もう、動かないの。生き返ることはないの。

美和子の心の中はパニック状態だった。この現実を受け止められるのかどうか、わからなかった。

瞳ちゃん、ごめんね、力不足で、助けられなくて……と繰り返すだけ。

溢れてくる涙は止まらなかった。

葬儀の日、美和子も知っている瞳の友達には涙ながらに病状の説明をした。見送ってねと頼む。

火葬場で骨上げは、美和子にとっては初めての経験だった。火葬が終わって出てきた骨を見て、母が言った。

「癌だったんだね」と。

お腹のあたりが黒く残っている。癌って恐ろしいものだね。焼き切れないものなんだね。

身近で、若くて、こんなに早く人生に終止符を打つなんて、と美和子はショックだった。

一番辛かったのは、瞳自身だっただろう。本当に、どんなに辛かっただろうなあ。残った私たちは、どんな思いでこれから生きていくべきなのか……と少しずつ考えながら、瞳の分も生きていかなければいけないと思うのだった。

瞳の死は、美和子にとって、これ以上の悲しみはこの世の中にはないことであろうと思われた。毎日毎日、涙が溢れて止まらない日が続き、人相が変わるくらいに目を腫らした。

この経験によって、美和子自身が、困難なことに遭遇しても、瞳の死以上のショックな出来事はないと思うことで落ち着きが出て、心を強くできたような気がする。

「瞳ちゃん。辛かったね。ずっと天国から見守っていてね」

と心で呼びかけるのが、美和子の習慣になった。

転院～そして退院へ

圭介の、ＩＣＵでの約一ヶ月の入院生活が過ぎた。会話はできるようになった。だが、その内容は、やはり理解できるものではなかった。

ある時は、戦国時代にタイムスリップしたような会話が続く。

「戦いに行かねばならぬ」

「お前は帰っていいよ。俺は行かねばならぬ」

「助けに行かねばならぬ」

ある時は、扇子を持って言う。

「この髭剃りは、よく剃れるんだ」

またある時は、髭剃りを持って眺めながら、

「この携帯は、良い物なんだよ」

これが、脳損傷で、高脂血症のために起きるせん妄状態というものなのだと知る。

美和子は、この現実を受け入れなければ、と思うと同時にどうすればいいのかと途方に暮れる。元に戻れるのか、戻れないのか、頭を抱えてしまう。

最初に圭介が運ばれた時に、医師から言われたことを思い出した。

「記憶障害は残るでしょう。元には戻らないですよ」

そして、ほどなく、亜紀子から連絡を受けた。主治医から次のように言われたという。

「当病院での治療はこれ以上ありませんので、このあとはどうしましょうか。ご自宅に連れて帰るには、今のままの状態が続いていると、車から飛び降りたり、電車に飛び込んだりする可能性があるので、乗り物での移動は、かなり危険です。このような状態の患者さんを預かっていただけるのは、精神科の病院しかありません。こちらから手続き取れますけれど、どうしますか。その病院までは、当病院の救急車を使い、安全にお連れできますよ」

亜紀子は言った。

「家に連れて帰るにも今は無理だから、先生の言う通りにしましょう、とお願いしたのよ」

圭介は、精神病院への移動が決まった。

紹介してもらった精神病院へ、脳外科病院の用意してもらった救急車で移動することになった。ストレッチャーに縛られた圭介は、自分の頭を触りながら言う。

「俺の頭のここが削れてるみたいなんだけど、何かあったのかなあ」

「頭をケガしたのよ。わかった？」

そんな普通の会話ができて、ほっとしていた。でも、これからは違う環境で大丈夫かしらと不安が過った。

圭介は、救急車に父親と一緒に乗った。体格の良い男性の看護師がふたり同乗。万全の態勢で搬送されることになった。

三十分くらいで町はずれの精神病院に着いた。

病院の玄関は、静寂そのものだった。総合病院と違って、待合室には誰も待っている人がいない。受付で母親が手続きを済ませ、院長室に行く。院長先生の診察が始まった。

「お名前は？」

「圭介です」

「よく言えましたね。職業は？」

「板前です」

「では、ここで元気になって帰りましょうね」

「ありがとうございます」

看護師に案内されて病室へ向かう。

入院病棟の入り口は鍵がかかっており、入院患者は簡単に出入りができなくなっていた。廊下には、壁に向かって話しかけている人がいたり、大声で訴えている人がいたりした。

圭介は、ここで一生いるのかしら。美和子は心の中で、少しずつ良くなってね、と祈るばかり。

とりあえず、この病院に任せて様子を見ようと思った。

「じゃあ圭介、頑張ってね。また来るからね」

不安をいっぱい抱えながら美和子は帰った。


二週間後、亜紀子から連絡があった。

「圭介に会ってきたよ。脳外科にいた時より痩せて、泣きながら家に帰りたいと言ってたよ。可哀相になって、迎えに行くまで待っていてと帰ってきたよ」

「そうだったの。私も会いに行ったけれど、会わせてもらえなかった。身内ではないから仕方ないね。でも、良かったね。もう大丈夫だよね」

「つじつまの合わない話は、してなかったよ」

「そう、本当に良かった、良かった」

「迎えに行く日程が決まったら知らせるから一緒に行ってね」

「わかった」

美和子は、軽はずみに返事をしてしまった。

すぐに、これで良いのかと思う。

そして、九月二十日、圭介の家族が迎えに行くことになった。

美和子は、もう圭介には会いに行かないと決めていた。だが亜紀子に懇願されて、病院から実家までは一緒に行こうと思い直した。

美和子は、自分が情けなくなった。圭介にこれ以上関わっても、自分自身が幸せになる保証はない。

「落ち着いて考えよう」

心の中のもうひとりの美和子が、言っていた。

圭介の両親と亜紀子と一緒にT駅からタクシーに乗って、美和子は病院へ向かった。

鍵のかかるドアから看護師に連れられて出てきた圭介は、痩せて小さくなっていた。

顔の表情が強張っている。動作が弱弱しい。やはり、認知機能に障害が残っているようだ。特に、精神面に不安がありそうだ。

「さあ、良かったね。家に帰るぞ」

父親が、力強く話しかけた。

「ありがとう」

と、圭介は小さい声で言った。

T駅まで戻り、神戸の実家まで、退院したばかりの圭介には、きつい電車の旅になった。

新幹線の中で弁当を食べたあと、美和子が、

「疲れるから眠ったほうがいいよ」

と話しかけても、興奮しているのか、表情は強張って眠れない様子だった。

以前の圭介は、負けず嫌いの強い性格だったのに、危ない、怖いという言葉を頻繁に発している。子供の頃に戻っているようだ。

約五時間で神戸の実家に着いた。

「今日は、長い電車の道のり疲れたでしょう。お風呂に入って早く休みましょう」

と母親が言った。

「はい、ありがとう」

と圭介は、よそよそしく言った。

家族のみんなは、何もかもわかっているようだった。圭介を興奮させないように、ゆっくりとゆっくりとリハビリしていこうという気持ちが読みとれた。

結局、約二ヶ月の入院生活で、体力、筋力が落ちているから、これから焦らずに体力をつけていこうと話していた。

美和子は、ここまで送ってきて、もう自分の役目は終わったと感じた。これを区切りに、自分自身のことを考え、仕事に戻ろうと決意。ひとり暮らしのため、仕事は不可欠だから……。

「じゃあ、私は帰るね。お父さん、お母さん、亜紀子ちゃんの言うことを聞いてリハビリしてね。大丈夫だよ、みんな応援しているから。体、大事にしてね」

と、美和子は、最後の言葉として誠意を込めて圭介に言った。

「わかった。また来てね」

「え……」

少し長い沈黙となった。

「また来るね」

と答えたものの、美和子は、なんて馬鹿なんだろうと自分を叱り、言ったことに責任を感じながら帰った。


一週間後、美和子は、重い気持ちで再び神戸へ行った。

圭介の表情は、一週間前とあまり変わりなく、子供のままだった。

以前の板前の仕事を思い出すようにと、台所で料理をさせたら、包丁さばきは衰えていなかったという。

少しずつ思い出しながら、回復しているという気がした。でも、「怖い」「危ない」を口にすることが多い。精神面では、まだまだ不安が大きいことは明らかだ。

美和子の心は揺れる。

どうしたらいいか、もう少し様子を見ようと思ったのだ。

何回か圭介の実家に通った。

美和子は、もう自分が離れても大丈夫だろうと感じた。圭介は、実家で静かに暮らすのが一番だろうと確信していた。

しかし、圭介は唐突に口にした。

「美和子と横浜に行くよ」

「えっ。びっくりした」

「お父さんに言って許してもらったから、一緒に行くよ」

「ごめんね。私は、圭介のこと嫌いじゃないけれど。圭介はまだまだ、ゆっくりと実家にいたほうがいいと思うよ」

「嫌だ。一緒に行くの」

「ちょっと待って。焦ることないよ。もっと時間かけて自信が持てるようになってからでも遅くないよ」

美和子は困惑した。こんなに早く次のステップに進むとは予想もしていなかったので戸惑った。

性格が戻ってきたのかな？　とも思う。結局、強引な圭介に負けてしまった。家族も、圭介の望むようにしてほしいことを匂わせた。

「わかったわ」

と、希望と不安、半々の気持ちで、横浜に一緒に戻ることになった。

不安な生活

圭介と美和子は、美和子のアパートで一緒に暮らすことになった。

圭介が仕事をするにはまだ不安があるので、しばらくリハビリをすることにし、美和子は変わりなく不動産屋勤務を続ける。

問題は、美和子が出勤してから帰宅するまで、圭介の過ごし方をどうするかだ。箇条書きにしてみた。

※規則正しい生活をする。
※適度な運動をする。(散歩)
※できる範囲の家事をする。
※脳をトレーニングする。
※日記をつける。

とりあえず体が慣れるまで、美和子が考えたプログラムをきちんとやることを圭介に約束させた。圭介は、それを守ってくれた。

毎日駅まで美和子を迎えに来て、一緒に買い物に行き、食事して、ゆっくりとした時間を過ごした。

亜紀子に連絡を取り、時々来てもらうことにした。できるだけ圭介をひとりにしないようにと、美和子は、圭介の回復を全力で支えようとする。

二週間経った頃、圭介に仕事の話がきた。電車で通うようになるけれど大丈夫かな？　と思ったけれど、刺激を与えると良いリハビリになるなあとも思う。

「そろそろ、大丈夫だろうから、頑張ってみようか」

と美和子は優しく言った。

「うん。もう大丈夫だよ」

と圭介が言った。

心配だけど、仕事をしてみないと前に進まないものね、と美和子は自分に言い聞かせる。

次の日、圭介は、面接へ行くことになった。

さあ、新鮮な気持ちで仕事を始めましょう、と美和子は励ました。

「大丈夫かな？　怖いことないかなあ？」

「大丈夫。自信持ってね」

不安に思うことは言わないようにしなければ……圭介は、まだまだ、完全に復調しているわけではない。でも、ある程度甘やかさないで、独り立ちさせるようにしないと進歩しない。厳しいかもしれないけれど、試したい、と思った。


圭介が仕事を始めて一週間経ち、やっと休日がきた。圭介は少し疲れた様子で、毎日、睡眠がよく取れているようだった。

「どう？　心配することないでしょう。大丈夫だよね」

「疲れたけれど、体は仕事を覚えてるんだよね。自分でもびっくりしたよ。もう大丈夫だよ」

「安心したよ。無理してはだめだよ」

そんな会話に、美和子は嬉しさがこみ上げる。

焦らずにゆっくりと過ごしていれば、きっと元に戻るのではないかと思えた。


次の休みの日、圭介は、仲間に連絡を取って会うことになった。少し緊張していたが、久しぶりに会う仲間は変わりない態度で歓迎してくれたという。食事してカラオケに行き、楽しい時間を過ごした圭介。

でも、ひとつだけ約束を破った。医者から止められていたことがあった。それは、飲酒。でも、一杯だけど、飲んでしまった。

「これで最後ね。飲んだら今までリハビリしたことが水の泡になるよ。自分自身のために禁酒してね」

「わかった。でも何ともなかったよ」

「だめだよ、そんな安易な考えは。あのケガで死んでいたかもしれなかったのよ。生きなきゃだめよと、生かされているのよ。迷惑かけた人たちに恩返ししていかなきゃいけないよ」

と美和子は、諭すように言った。圭介には、病気と言わず、「ケガ」で通していた。圭介が、理解できているか、いないかはわからない。これからの行動を見てみなくては……。

失望

圭介は、仕事に、通勤に、環境に順調に慣れていった。あの飲酒の件以外は、うまくいっていた。

圭介の仕事が休みのある日、美和子がいつものように仕事から帰ると、圭介はいなかった。食事の支度をして待っていたが、帰ってこない。心配して連絡してみる。

「どこにいるの？」

「友達と会ってる。すぐ帰るから」

と言ったが、悪い予感がした。

結局、朝帰りした。お酒の匂いプンプンで。

酔っぱらっている圭介と話しても通じないのはわかっている。様子がおかしい。大きな声で怒って泣いている。

翌朝、美和子は、何も言わずに出勤した。もう圭介には、呆れて話をする気持ちもなくなっていた。今夜、どう対処するかと、日中はそればかりを考え、一日仕事も手につかない状態だった。

まだ精神面でのリハビリが中途なのに、お酒を飲むと心の抑制が利かなくなり、怒ったり泣いたりする。最悪な状態だと思った。

圭介は、子供のように怒られるのを怖がっていた。

「昨日は、どうしたのかな？」

と美和子が聞くと、

「すぐ帰るつもりだったのに、そうもいかなくて……」

と答えた。

「言い訳はいらない。自分の行動に責任持てないなら帰って。甘えるんじゃないわよ。昨日の行動がきちんと説明できるの？」

「わからない。悪いことは、何もしてない」

「言い切れるの。素晴らしい人ね。もう終わりだね。これからのこと考えてね」

「……」

一週間、何事もなかったように過ぎた。美和子は、亜紀子に報告をした。

「そんなことしたの。最悪だね。私が言っても治るわけじゃないから……見放したほうがいいかも」

「私もそう思うよ」

「甘やかさないほうがいいよ。美和子ちゃんは、充分すぎるくらいに尽くしてくれたから、もう離れたほうがいいよ」

「わかった。今回は、私も無理だわ」

圭介からは、謝ることもなく、静かに時間は過ぎていった。

圭介は毎月一回、仲間との集まりがある。約束が守れるのであれば禁酒すると思うが、美和子はわかっていた。圭介は、少しでも酒が入ると歯止めがきかなくなって、とことん飲んでしまうことが。

その仲間との集まりのある日がきた。

待っても帰ってこない。やはり朝帰りだった。もう美和子は、自分が情けなくなった。

元気になるまではと思って横浜に連れて帰ったのに、こんなことになるなら、圭介は実家にいたほうがよかったのではないかしらと思う。

次の日、美和子は堪忍袋の緒が切れた。

「優しいだけが取り柄の私を怒らせてしまったね。圭介を信じていた私が馬鹿で、情けないわ。お願いだから、ここから出て行ってください。これ以上私を怒らせないで」

「嫌だ。直すから」

「無理でしょう。二回、目を瞑ったから。三回目は嫌だから」

「少し時間をください」

「いつまで」

「三日間」

実のある話し合いというわけではなかったが、三日後をひとつの区切りにしようと思った。そうしないと美和子は潰れそうだったから。

何事もなかったように日々過ぎていき、三日が経った。美和子から話しかけた。

「三日経ちましたね。どうですか。出て行く気になった?」

「ごめんなさい。どうしても無理だよ」

「それは、私の言葉です。無理だよ」

「お願い、考え直して」

「私、考えていたの。これ以上無理だから、私が実家に帰ろうと思ってるよ」

「嘘だ」

「残念ですが、もう帰ると母に知らせたよ。だから、これからは、誰も頼らずに自信を持って生きていって。もう大丈夫だよ」

「えっ」

「私は決心したから。早いほうがいいでしょうが、一ヶ月猶予を持たせるから、お願いしますね」

そう言ってしまうと、美和子はすっきりした気持ちになった。

圭介の後遺症の心配をして、なるべく優しく、興奮させないようにして暮らしていたことが、結果甘やかしていたことだったとは……。確かに圭介は悪い。でも、私が悪い、力不足だと思ったほうが気持ちは楽だと感じた。

田舎へ戻る

美和子は、四国の実家に帰った。

平成二十年七月二十六日月曜日午後一時、高松自動車道府中湖パーキングエリアにたどり着いた。美和子の実家まで、あと十キロほどのところである。暑い日だった。冷たいアイスコーヒーを飲んで、これからの実家暮らしに覚悟を決め、気持ちを整えるために深呼吸した。

とりあえず、高校からの友人に電話した。

「今、府中湖まで帰ってきたよ」

「お帰り。落ち着いたら連絡して、歓迎会をするから」

「ありがとう。また連絡するわ」

大きくため息をつき、心を落ち着かせた。

市役所に行き、転入届などの手続きをする。

「さぁ、いざ出陣。家に帰ろう」と気合を入れるのは、十年振りだったからだ。離婚して、ひとりになったあと、仕事を始めて休みがうまく取れなくなったことが大きな理由だったが、両親が横浜に来たりしていたので、帰らなくても済んだということもある。本音では、独身になった美和子自身の生活に何も口を出されたくなかったのかもしれない。

田舎の暮らしは、近所の人が個人のことを必要以上に知りたがり、いつも窓から外を眺めていて尋ねる。


「今からどこへ行くの？」

「何をしてきたの？」

「どこへ行ってきたの？」

「一緒に歩いていた人は誰？」

「どうして別れたの？」

「これからどうするの？」


といった具合だ。美和子は、この詮索好きな近所の人との関わりが嫌だった。自然と実家に帰る足が遠のいていたのだった。

横浜の暮らしは気ままで、詮索する人もいなくて、良かったのだけれど……。しかし、美和子自身も年を取った。当然、両親も老けてきている。


ピンポーンとチャイムを鳴らすと、ランニングシャツにショートパンツの父の治が顔を出した。

「お帰り」

「ただいま」

「帰ってきたか」

ずいぶん白髪が増えて、額が広くなって、立っている姿もおじいさんになったなあと美和子は思った。

「これから、車の中の荷物を運ぶからね」

「手伝うよ」

「階段が危ないから、自分でやるから大丈夫だよ」

「そうか。暑いから、涼しいところにいるよ」

「待っててね」

「おう」

美和子は汗だくになりながら、二階に荷物を運んだ。荷物を運び終わってまもなく、母の良美が帰ってきた。

「お帰り。暑かったね。月曜日は俳句の会があって出かけていたのよ」

治が食卓に座って、手でテーブルをコツコツと叩き、催促する。

「飯は、まだか」

母は、すかさず答える。

「今帰ってきたばかりなので、支度するから少しお待ちくださいね」

ほどなく、早めの夕食が始まった。

かぼちゃの煮物、焼き魚、漬物、味噌汁。

あっという間に食事は終わり、居間でテレビを見ながら、たあいもない話をする。

「もう、寝るわ」

と、治は自室へ行った。

実家での暮らしが、ついに始まった。

美和子は、父のふらついた歩き方、母の年老いた様子を見て、胸がうずいた。

私は、今まで何をしていたのだ、と。確かに実家が煙たかったのは事実だ。しかし、こんなに老け込んだ両親ふたりだけで暮らしていることに、衝撃と反省が心の中に走った。長い横浜の生活が、ほんの小さいことのように思えた。

さぁ、何からすればいいのか……と思うが、とりあえず、今日は寝よう。長旅の疲れを取るのが先決と決めた。

明日からの生活に、緊張と不安で胸がいっぱいになった。

でも、新しい出会いもあるかもしれない。小さい希望を持って明日から頑張ろうと思うのだった。

父の様子

朝、美和子は、荷物の山の中で目が覚めた。七時だ。

台所で、両親の会話が聞こえる。

母の良美が言った。

「お湯が沸いていないので、少し待ってくださいね」

父の治が答えた。

「早くしろよ」

「そんなに慌てなくても、急がなくても、大丈夫でしょ」

「早く行かなきゃ、混むから」

美和子は台所に行った。

「おはよう」

「おう」

治はパンを口に運びながら、振り返って言った。

「こんな早くから、どこに行くの」

「病院だよ」

「何しに行くの？」

「電気をかけに行っているんだよ」

「電気？」

「痛いところに、電気を当てると痛くないの」

「そうなの。こんなに早く行って開いているの？」

「開いているよ。掃除のおばさんが来ているから」

「毎日の日課だから、大丈夫」

と良美が言って、治の着替えの準備をしていた。

治の着替える動作が遅い。

「それは、あとで着なきゃいけないよ」

「そうか」

「そうそう、それでいいよ」

と、ふたりの会話は、小さなことをひとつずつ確認し合うかのようだった。

「ゆっくりと、気をつけてね。行ってらっしゃい」と美和子が言うと、

「行ってらっしゃい」と良美も続けて言った。

「おう。行ってきます」

仕事に行くように毎日行くのが日課になっているという。美和子は心配になって、
母に聞いてみた。

「お父さん、おかしくない？」

「夢に見たことと現実がわからなくなっている時があるよ。でも、いつもと同じだよ。

いつも、ボケボケしているから。ハハハ」

母の笑いに救われた気がした。

十時半頃、治は帰ってきた。

「お帰り」

「飯」

「まだ、お昼には早いよ」

「腹減ったよ」

「仕方ないね。少し待ってね」

「おう」

と、母はチャーハンを作り始めた。

「お待たせしましたね」

「おう」

「ゆっくり召し上がれ」

治は食べたあと、自室に戻り、テレビを見ながらベッドに横になりウトウトして、退屈だと言いながら、昼過ぎに台所に戻ってきた。

「あ〜あ。退屈だな」

「何かしたいことは、ないの?」

「何もない」

「何かテレビはやってないのかな?」

「相撲もやってないし、水戸黄門もやってないし」

「夕方まで何するかな」

「腹減った」

「えっ。さっき食べたじゃない」

「また、腹減ったよ」

「じゃあ、あんパンがあるから、食べる?」

「おう」

「お茶いれてくるから」

美和子は動揺した。どう対応したらいいか、わからなかったからだ。

数日間、同じような日々が続いた。

気になることはたくさんあったが、とりあえず、様子を見ることにした。

同窓会

美和子の荷物の整理が済み、部屋もすっかり整った。ちょうどお盆休みに高校の同窓会があり、美和子は参加するのを楽しみにしていた。同窓会前に、近所に住んでいる高校時代の同級生、奈保子に会いに行った。突然行ったので、びっくりさせてしまった。出戻りだから、奈保子にはどんな顔をされるかしら？　なんて心配していたが、杞憂だった。同級生って、会うとタイムスリップしたみたいに学生時代に戻ってしまう。話は尽きなかった。あっという間に時間は経ち、同窓会に一緒に行こうねと約束をして帰ってきた。

美和子にとっては、何もかも懐かしかった。学生当時のまま残っている景色もあった。でも、何があったか思い出せないくらい景色が変わってしまっていた場所もあるので、とりあえず地図を買ってみた。道路も新しくなっていて、浦島太郎状態だった。車で探索をしようと思った。

同級生の夏美に連絡してみた。夏美には前もって、実家に帰って暮らし始めるという内容の手紙を送っていた。

待ち合わせはM市のカフェで。浦島太郎状態の美和子は、地図と車のナビを頼りに早めに出かけ、美和子自身の記憶を辿りながら、少しドライブをした。ほどなく待ち合わせの時間にぎりぎり間に合う状態で、カフェに着いた。

夏美とは四年振りだった。前回は、横浜で会った。彼女が東京に来ていて時間を合わせて三十分だけだったけれど……。お互いの近況報告をして、懐かしさで胸がいっぱいになった。これからは、時間を合わせて食事にも行けるし、日帰りくらいだったら夏美と遠出もできる……と、楽しくなる予感がした。

「久しぶり」

「元気だった?」

「いろいろあるけれど、なんとか元気にやっていますよ」

「車で帰ってきたのでしょう」

「うん。そう」

「すごいね」

「私、運転は嫌いなほうではないと思う。ひとりで運転するのは楽しいから」

「私は、無理だなぁ」

「無理はしないほうがいいと思うよ。私が運転が嫌いだったら、車で帰ってきてないと思うよ」

「そうだよね」

「運転は私にとってストレス発散だと思えるのよ。運転してない日はないから。もし、運転しない日が続くと、イライラするような気がするわ」

「そうなの」

「誰でも、得意なこと、好きなこと、嫌いなこと、苦手なことがあるよね。私の得意なことと好きなことは、車の運転なのよ。嫌いなことは誰でも避けたいと思うし、苦手なことはパスしたいと思うよね」

「そうだね」

夏美は、まじまじと美和子の顔を見た。

「どうしたの？」

「美和子は大変だったと思う。でも、その大変なことを乗り越えたんだよね？　大げさかもしれないけれど、しょんぼりしてるかと思ったら、ものすごいパワーを感じるわ」

「そうかしら」

「私は、何も得意なことないなぁ」

「そんなことないよ。私と夏美が違うのは、帰らなくて済むなら帰ってきたくなかった実家に戻ってきたのには、それなりの覚悟は必要だし、これからは頼る人もいないし、自分自身で生きていかなきゃいけないぞと思っているから。違うとしたら、そういう心構えだと思うよ。何と言っても夏美は、ご主人様がいらっしゃるじゃない。私は、再婚しない限りひとりだよ。そこでハンデがあるからね」

「そうだけど、結婚してたっていろいろあるよ。これからのことを考えると、不安だらけだよ」

「どうしたの？」

「主人とうまくいってないのよ」

「どんなこと？」

「これからのことよ。主人は三年後に定年なのよ。その後のことを全く考えてないの。収入が激減するのに生活を変えようとしないし、定年後はバラ色の生活ができるみたいに思っているし、どうしたらいいか」

「そうなんだ。でも退職金は入ってくるでしょう？　年金だって、今の両親ほどではなくても、少なくなっても入ってくるじゃない。将来的にはふたり分でしょう」

「私が倹約して、バーゲンでしか服は買わないのに、主人は定価で買うし、もったいなくて」

「ご主人様と話はしないの？」

「話しても聞き入れてくれないので、話し合いにならないのよ」

「多分ご主人様は、夏美が本気で心配していると思ってないんじゃない。男の人って、いくつになっても甘えん坊で、構ってほしくて、でも一応男らしく見せたくて、甘える素振りは見せたくないものじゃない。夏美がしっかり者だから、頼りにしてるのよ。

夏美は、話し合いをして決めたいの？　今まで夏美が決めてうまくいってたことのほうが多かったのではないの？」

「言われてみると、そうだね」

「ご主人様に対して不満があるのはわかるよ。自分の思い通りにはいかないものだもの。夏美は、ご主人様に対して期待する気持ちが強いのだと思うよ。こうしてくれるのだろうとか、こう思ってるはずだ、とか。期待すると、必ず見返りを求めるでしょう？　見返りがないとわかるとイライラするし。悪循環なのよね。私が思うに、期待をしなきゃいいと思うよ。つまり、ご主人様は夏美を頼りにしてるから、全て決めたことを伝えればいいと思うよ。これからはこうするからと。次にご主人様と話をする時間ができたら、こうしようと思うけれどいいわね、と」

「そんなこと言えるかな？」

「何言ってるのよ。今まで夏美がほとんどやってきたのでしょう？　だったら、ご主人様は夏美に甘えてるのだから大丈夫よ。嫌なことがあっても、離婚するわけではないでしょう？」

「嫌だけど、離婚はできないわ」

「私が言うのも変だけど、夫婦も長く一緒にいると、不平不満あるよね。それは最大級にわかるよ。でも、離婚するつもりがないなら、考え方を変えて、ご主人様に見返りを望まないようにすればいいのではないかしら。何もしてくれないと思うより、期待しないで、自分でできることをやってしまう。そのほうが絶対いいと思うよ。一緒にいると当たり前になってくるから。それに、何でもありがとうと言えれば、誰も悪い気がしないからね」

「わかってはいるけれど、なかなかできないよね。日本人は表現できないからね。これから年を取ってくると、ますます嫌なところが目立ってくると思うから……」

「聞き流すこととあまり深く考えないこと。何でもなるようにしかならないからね。計画通りにはいかないからね。考え方だよ」

「なかなか難しいよね」

「私が思うに、ご主人様のことが気になるのは、感情があるってことだよ。気にしなかったら、何でもふ〜んで終わると思うよ。偉そうなことは言えないけれど。離婚するつもりないなら、考え方を変えることだよ」

「うん。そうか、離婚したら困るなぁ」

「でしょう?」

「時間かかると思うけれど、目を閉じるようにできれば楽になるかもしれないわね」

「でも、頑張らなくても……自然でいいと思うよ」

話は同じことの繰り返しだけど、夏美には刺激になったかもしれない。夫婦が良い関係になればと願うばかりだった。


同窓会当日、あまり目立たない服装で、奈保子の車に便乗して行くことにした。疎遠になっていた友達に久しぶりに会う。何年振りだろう? 思い出せないけれど、学生時代から会っていない人が多い。一目で誰かわかるかしらと、あれこれ考えながら。

受付の前に立つ。

「お久しぶりです。お世話になります」

「美和子。全然変わらないね。綺麗になったね」

「私のこと、すぐわかった？　学生時代には、大人しくて目立たなかったからね」

「いいえ、そんなことなかったよ」

同じクラスだった女子と会話したけれど、美和子には、誰だったか思い出せなかった。

……まぁいいか。もっと話をすれば思い出すだろうと気楽に考えた。

「美和子。お前、綺麗になったな」

「誰だった？」

「よく言うな。わかってるくせに」

「わかってるよ。元気そうだね」

「おう。美和子。お前、生きてたか」

「ひどいよ。そんな言い方やめてよ」

「美和子。久しぶりだなあ」

「美和子。綺麗になったね」

「また、婚活しなきゃいけないからね」

「大丈夫。いける、いける」

「美和子。今どこにいるの？」

「もう帰ってきたよ」

「どうしたの？」

「出戻りよ」

「悪いこと聞いちゃったね」

「そんなことないよ。全然気にしてないから」

美和子の席に皆が来て、次々と声を掛けてくれて楽しかった。忘れられていなかったんだと思うと嬉しかった。同窓会に参加して良かったと感じた。

二次会にも行き、今度は違うクラスの人たちとも話ができて、新しい発見ができて、話も弾み……アドレス交換を迫ってくる男子もいた。

三次会にも行って、これまた楽しい時間になった。

実家に帰ってきて良かった。

少しずつ、友達との距離も縮まった気がした。

父の心配

治の様子がおかしくなってきた。

ある日の昼下がり、治が、

「あのな、さっきなぁ、高知のO町の弟が来て、景品でもらった魚を盗っていったんだよ」

「えっ、高知からわざわざ来てたの？」

「だめだ、って言うのに持って行ったよ」

言っていることがわからない。おかしい。

「わざわざ、高知から来たの？」

「そうだ。呼んでもないのに」

「じゃあ、もう来ないでって私が言えば良かったかなぁ」

「そうしてくれるかなぁ」

美和子は調子を合わせたけれど、今までに見たことのない父の言動に不安が募った。小さい子供が母親の後を追いかけて、話をしているような印象だ。

これが認知症の症状なのか。今まで無縁のことだと思っていたが、これは現実なのかと、美和子はショックだった。

また、ある日の夜、十時頃に父は着替えを始めた。美和子はできるだけ穏やかに聞いた。

「どうしたの？」

「病院に行く」

「夜の十時だよ。今行っても病院は開いてないよ。寝る時間だよ」

「行かなきゃいけない」

「外見てごらん。真っ暗だよ」

「そうか」

「着替えなくていいから、寝ようね。朝起きて、コーヒー飲んでから病院に行こう」

「そうか」

「おやすみ」

「はい。おやすみ」


朝になった。いつものように両親の会話が聞こえてきた。

「お湯が沸いてないから、ちょっと待っててね」

「パンは？」

「焼けましたよ」

「砂糖は？」

「たくさんかけなくても」

「これが、うまいんだ」

「着替えを用意してますので、ゆっくり着替えてくださいね」

父は着替え始めた。

「気をつけて行ってらっしゃい」

「おう」

父が出かけたのを見計らって、美和子は母に告げた。

「ちょっとお父さんの様子がおかしいよね。市役所に行って相談してくるわ」

「私にはそれほどとも思えないけど……そうだね。頼むわ」


市役所の介護課を訪ねた。

「すみません、お聞きしたいことがあるのですが、ここでよろしいですか？」

「どうぞ、なんでしょうか？」

「父の様子がおかしいのですが、施設に通うにはどうすればいいのでしょうか？」

「どうおかしいのですか？」

「話すことが、現実のことなのか、妄想なのか、否定すると怒り出すし、とりあえず、いつも付いて見張ってるわけにはいかないので、デイケアに行かせたいのですが」

「そうですね。介護認定を取ってデイケアに通うようにしたらいいでしょう。まず、この書類を渡しますので、かかりつけのお医者様に診断書を書いていただいてください。そして、市の担当者がお父様と面接して、介護の認定を調査します。そして、認定が決定すれば、ケアマネージャーに相談して施設を決めて通えるように手続きができることになります」

「まず、診断書ですね。面接は早めにお願いしたいのですが、また連絡してください。手続きが終わるのにどのくらいかかりますか？」

「大体、一ヶ月くらいです」

「そんなにかかるのですか？　早くできないのですか？　役所って困っている人を助けるためにあるのでは？」

「すみません。なるべく早くしますから」

「お願いします。面接はいつですか？　今決められないのですか？」

「担当者が出かけているので、申し訳ありません」

「わかりました。すぐに連絡取ってくださいね。待ってますから。診断書も明日にでももらってきますから。よろしくお願いします」

「はい。お疲れ様でした」

役所って本当に……これだけ高齢化が進んでいるのに、手続きに時間がかかりすぎだわ。ぼーっと座っているように見えるのに、手続きに時間がかかるのは当然といった風で……。ひとりひとりの自覚が足りないよと、美和子はイライラ度がマックスに達した。

翌日、早速、かかりつけ医に父を連れて行った。先生との面接に美和子も診察室に入って聞いていた。


「今から簡単なテストをしますから答えてくださいね」

「はい」

「今から見せる三個を覚えてください。あとで聞きますから」

「時計・鉛筆・ハンカチ」

「はい」

「では、聴診器で胸の音を聞きますね」

「血圧も測りますね」

「最近の体調は、どうですか？」

「別に変わりません」

「先ほど見せた物、三個覚えてますか？　言ってみてください」

「時計……ハハハ……何だったかな」

「ゆっくりでいいですよ」

「ゆっくりも思い出せんわ」

「わかりました」

「では、百から七を引いて言ってください」

「百・九三・八六・七九……」

「それから」

「ハハハ」

「では、今日は、いいですよ」

「ありがとうございました」

こういう診察だった。

介護認定

美和子は、不安を抱えながら、父を連れて帰った。帰りつくと医師会のケアマネージャーから電話があった。

「治さんのことで、明日面接をして、お話をうかがいたいのですが、よろしいですか。担当の佐藤と申します」

「はい、明日の一時頃で大丈夫ですか？　お待ちしてます」

次の日、ケアマネージャーの佐藤さんが来訪した。

「こんにちは、治さん」

「おう」

「ケアマネージャーの佐藤と申します。簡単なことを聞きますので、お願いいたします」

「何も話すことはないけど」

「治さん、いろいろ聞かせてね。住所とお名前は」

「S市○町○丁目○」

「誕生日は、いつですか?」

「一月十五日」

「現在おいくつですか?」

「八十六歳だ」

「次は、少し立ってもらえますか?」

「なぜ?」

「治さんが、きちんと立てるかどうかを見るだけですよ」

「おう」

「素晴らしいですね」

「まだまだ元気じゃ」

「少し大変だけど、片足で立っていただけますか」

「ワー、素晴らしいです。もう座っていいですよ。では、今日、朝起きてから何をしてましたか?」

「おう」

「何もしてない」

美和子は、少々呆れてしまった。

「お出かけしたのでは?」

「面倒だから答えなかった。なぜ言わなければいけないのか」

「今日何をしたかなぁと教えてもらおうと」

「朝起きて……ハハハ、なんだったかなぁ」

「ご飯かパン、食べたでしょう」

美和子は、思わず口を出してしまった。

「パンを食べたあと、何をしました」

「寝た」

「あら、電気を当てに行かなかったかしら」

「そうだったかなぁ」

「それから、何をしました」

「寝た」

「何ていう病院に行ったのかなぁ」

「高橋」

「そうですか。何時頃に行きました?」

「もう、いい」

あっ、危ない、怒り出した。雰囲気が悪くなった。

「治さん。ありがとうございました。明日一緒に見学したいところがありますが、行きませんか」

「どこに行くんだ」

「お昼の間にデイケアに行ってみましょうか。見学して気に入ってもらえるかどうかわからないので、様子を見に行ってみましょうね」

「行かない」

「そう言わないで、行ってみましょうね。明日また、来ますので」

佐藤さんを見送って、明日、近くのデイケアへ行くことにした。

昨日は行かないと言った父だったが、出かけることは好きなので、

「まだか」

と、準備も早く整え、母を催促するほどだった。そして、母と車で五分ほどのデイケアセンターへ行った。

「おはようございます」

佐藤さんが待っていた。

「どうぞ、中へ入りましょう」

入り口にカウンターがあり、奥には大きいダイニングテーブルがあって、大きい画面のテレビの前に男性が五人座っていた。左側に部屋が広がっており、同じようなダイニングテーブルがあって、ここには女性が五人座っていた。女性たちは、お絵かきをしたり、本を読んだり、編み物をしたり、折り紙をしたりと、男性とは様子が違っ

ていた。そのまた奥には、リハビリの機器が並んでいた。他に、畳の部屋もあり、新しくて清潔感溢れる施設だった。もちろん浴室もあり、順番でお風呂を利用していた人がいたので、浴室の見学はできなかったが、とても充実した施設で安心した。

しかし、治の様子がおかしくなった。だんだん緊張し、表情が強張ってきて、声を上げた。

「こんなところには来ないぞ」

明らかに拒否反応を示す。美和子と良美は、精一杯アピールをした。

「楽しそうだね。リハビリもできるみたいだし、お風呂も広いし、良さそうなところだね」

「……」

「お父さんは賑やかなところが好きだから、家にいて退屈だ退屈だと言ってるよりは、楽しそうだね」

「絶対に行かない」

「ひとりで留守番できないから、昼間だけここに来てリハビリして、お風呂入って、楽しそうだから寂しくないよ」

「何で」

施設長も優しく言う。

「治さん、お風呂に入って、食事して、楽しみましょうね。一緒に」

美和子は、もう一度アピールした。

「お父さん、楽しそうだから来てみようか。お試しに来てみて、嫌だったらやめれば いいから来てみようね」

良美も、重ねて言う。

「ひとりで留守番してると私も心配だから。楽しそうだし、賑やかだし、来てみよう か」

「……」

「お試しに来て、嫌だったらやめればいいのですから」

と、良美が猛アピールすると、治はしぶしぶ言った。

「うーん。仕方ないなぁ」

「来ようね」

「おう」

「良かった。あとは、ケアマネージャーと打ち合わせをして、来られる日を決定していただきますので、よろしくお願いいたします」

と施設長に挨拶をして、喜んで帰った。


ほどなくして、市の職員が面接に来た。

治は、やや緊張した表情で座っていた。

「こんにちは」

「おう」

治はいつもの調子で、普段と変わりなく話し始めた。美和子は、ほっとした。

「早速ですが、質問に答えてくださいね」

「……」

「ご住所とお名前をお願いします」

「○○治」

「ご住所は」

「S市○町○丁目○」

「お誕生日は」

「一月十五日」

「ありがとうございます」

「今朝は何時に起きましたか」

「六時」

「早いですね。それから、何をしましたか」

「何もしてない」

「朝ご飯は何を食べましたか」

「もう、いい」

治はイライラしてきた。

「わかりました。あと少しお願いいたします」

「お手洗いは、何回行きましたか」

「三回」

美和子は、ぐっとこらえて、口を挟まないようにした。

「これから、三個の物を見せますので、覚えてくださいね。あとで聞きますので」

「おう」

「鉛筆、ハンカチ、袋。一回言ってください」

「鉛筆、ハンカチ、袋」

「あとで聞きますので、覚えておいてくださいね。それでは、その場で立ってもらえますか」

治は、ふらつきもせずにさっと立った。

「さっと立てますね。そのままで、片足で立ってもらえますか」

治は、躊躇なく立てた。

「素晴らしい。できますね」

「おう。もう終わりか」

「いいえ、先ほど見せた三個の物を言ってみてください」

「……」

「なんだったかしら」

「鉛筆、……」

「思い出してください」

「わかっとる」

「わかりました。今日は、ここまでにしておきましょう」

「終わったか」

「お疲れ様でした」

「お父さん、先に台所に行っててね」

美和子は、治にその場から離れてもらった。

見送りを兼ねて、最近の治のことを説明した。

「今、父と話してみて、普通に会話できていると思うのですが、昼と夜が逆になっている時もあり、意味不明なことを言ったりしています」

「そうですか」

「食べたことを忘れることもあります。トイレも危ない時があります。認定は取れますか」

「要介護2くらいだとは思われますが、今は何とも言えません」

「できるだけ早く結果を送ってください。お願いします。今日は、どうもありがとうございました」

一連の介護認定の手続きが終わった。あとは、認定が届くのを待つだけだ。

葬祭会社への転職

美和子が七月末に実家に帰ってきてから、父のことがあり、自分の部屋の片付けやリフォームもあったので、慌ただしく日々が過ぎていた。

ふと気が付いたら時間が経っていた。何もしないわけにいかないので、とりあえず、家から五分のハローワークに行った。今まで利用したことがないので方法がわからなかったが、名前を登録して、パソコンの画面から求人を検索してみた。年齢を考えて、通販のオペレーター、携帯電話の営業事務、ホームセンターの受付の三件をプリントしてカウンターへ相談に行った。

「申し訳ありませんが、ホームセンター以外は年齢で基準に入っていません。リストに年齢制限は入れてはいけないことになっているので」

「わかりました」

「受けるのであれば、連絡取ります」

「はい、お願いします」

「少々お待ちください」

と言って、電話をしてくれた。

「明日の一時に来てください。履歴書を持って、面接と簡単なテストがあります、とのことです」

「はい、わかりました。ありがとうございました」


美和子は、とりあえず手当たり次第受けてみようと思っていた。もし、ホームセンターが不採用になったら……と不安になったので、職種を変えて、もう少し検索してみた。

「葬祭業の事務」

これは、年齢的にも合っているかもしれないと思い、もう一度受付に戻り、聞いてみた。

「少々お待ちください。問い合わせしてみます」

「面接の日は連絡いたします、とのことです。携帯電話番号をお知らせしておきました」

「ありがとうございます。とりあえずホームセンターに行ってきます」


美和子は、履歴書を買ってきて作成した。

今の履歴書は、職務経歴を作るようになっている。何を書いていいのかわからなくて、履歴書の書き方を調べ、久しぶりにパソコンに向かって作成してみた。

面接当日、緊張しながら、ホームセンターの事務所を訪ねた。

「失礼します。ハローワークの紹介で面接に参りました○○美和子です」

「お待ちしておりました。どうぞ、お入りください。空いてる席に座ってください。簡単なテストですが、してください。三十分くらいでできるでしょう。終わったら、言ってください」

「はい、わかりました」

「少しざわざわしてますが、申し訳ありません」

「わかりました」

「どうぞ、始めてください」

「……」

美和子は、テストは、思い出せないくらい若い時にして以来だと、少し緊張した。テストを見ると、A4の用紙が二枚あった。漢字の読み書き、四字熟語、計算問題、常識問題があり、またまた緊張した。やるしかないけれど、心の中で、

「落ち着け、ゆっくりすれば、大丈夫」

と、つぶやいた。

何分くらい経っただろうか。答えは全部書けた。ただ、漢字の読み方に自信のないものが一問あって、それが気になる。

「すみません、終わりました」

「はい。では、面接をしますので、もう少しお待ちください」

「引き続き簡単な質問をさせていただきます。こちらを受ける動機は」

「家に近いこと。リフォームに関しては知識はありませんが、興味はあります。いろいろと覚えていきたいと思います」

「パソコンは」

「検定は受けてないですが、入力程度ならできると思います」

「履歴書の文章は、ご自身で作られたのですか」

「はい。昨日作りました」

「この程度できれば充分です。結果は、二週間ほどお待ちください」

「はい。わかりました。ありがとうございました」

美和子は、ともかく、ほっとした。

結果まで二週間……。


葬祭業の事務の面接は、明日来てくださいと連絡があった。

美和子は、履歴書をもう一枚作成した。今までの経歴を細かく作ってみた。

葬祭業なら、自分のような年齢でも需要があるんじゃないかとは思うけれど、どうなのだろうと心配になる。


面接の日。スーツを着て行った。三人待っていた。

「どうぞ、お入りください」

「失礼します」

「どうぞ、お掛けください」

さっそく、お決まりの質問をされた。

「志望動機は」

「年齢的にこの仕事に入りやすいかなあと思ったことと、パソコンは入力程度と書いてあったからです。最初はわからないことが多いと思いますが、努力して覚えていこうと思ってます」

「勤務先ですが、K市でも大丈夫ですか」

「どちらでも大丈夫です」

「年齢のこともありますが、正社員にはなれませんけれど、よろしいですか」

「はい。仕方ないですね」

「今日は一次面接ですから、二次面接をしますので、連絡をお待ちください。本日は、お疲れ様でした」

「はい。ありがとうございました」

美和子は、だめだなと思ったが、夕方、葬祭業者から電話があった。

「〇〇美和子さん、二次面接に来ていただけますか」

「はい。わかりました」

まだ、決まったわけではないが、美和子は、この年齢でも仕事の可能性があることに気持ちは充実していた。これで採用されなかったら、またやり直そうと、気分は前向きにスイッチが入った感じがした。

ほどなく、ホームセンターから返事をもらった。

「採用の通知をお知らせいたします」

「ありがとうございます。申し訳ないですが、もう一か所受けてまして、その返事待ちなので、待っていただくことはできますか」

「ぜひ、当社に来てくださいね」

「お返事しますので、申し訳ありません」

あ〜あ。もしかして、両方ともだめになってしまうかも、と思った。


葬祭会社の二次面接に行った。

「どうぞ、お掛けください」

「本日は、社長、常務との面接予定でしたが、スケジュールが合わなくて来られないので、前回と同じ質問をしますが、勤務先はK市になっても良いですか」

「はい」

「少し家庭環境を教えていただきます」

「はい」

「今は、どなたと住んでますか」

「父と母です」

「扶養義務は、ありますか」

「いいえ」

「では、この仕事を選んだ理由をお答えください」

「私は、特別にこれと言って資格はありませんが、条件の中にパソコンは入力程度と記載されていましたので、私には合っているかなと思ったことと、年齢的に葬祭業は良いかなと思ったことと、私自身も遅かれ早かれ、両親を見送るわけですから、参考になればと思いました。いろいろと覚えることも多いと思いますが、努力して早く実践できるようにと思っています」

「お返事は、後日お知らせいたしますので、お待ちください」


美和子は、日々、問題を抱えながら、少しの期待と不安を持って葬祭会社の返事を待っていた。八月も終わろうとしていた。

ホームセンターから電話がかかってきた。

「まだ、もう一社の結論は出ないのですか」

「お待たせして申し訳ありません。お返事はいただいてないですが、今回は御社を辞退させていただきます。大変申し訳ありません」

これ以上、待たせるわけにいかなかった。あ〜、選択を間違えたかしらと、少し反省し、大きくため息をついた。

そこへ電話が鳴った。葬祭会社だった。

「美和子さん、九月から来てください。最初は研修をしますので、面接をしたM市まで、お願いします」

「はい。よろしくお願いします」

美和子は、ほっと息をついた。とりあえず、自分の小遣いは自分で得たいし、少しの貯蓄もしなければと思う。

「さあ、気合を入れて、新環境での仕事をやっていかなきゃ」と、気持ちが引き締まる思いがした。

九月一日、美和子は身支度を調え、転職先に出勤した。事務職の仕事に入る前に、宗教のこと、葬儀の流れなど、葬祭の施行がどういうものかを教えてもらった。美和子自身は葬儀を体験したことがほとんどなかった。近い将来、順番からすると両親を見送ることになるので、勉強になるかなぁと思う。

じきに、実際の葬儀の手伝いを経験することになった。

担当者の言葉が、強烈に印象に残った。

「故人様とは、この世で最後のお別れになります。柩にどうぞ、お花を入れてお別れをなさってくださいませ」

「それでは、柩の蓋をさせていただきます」

美和子は、自分の身内でもないのに、人の死に直面すると、こんなに悲しいものなのだと、自然に涙が溢れた。

そして、思い出した。三十年あまり前の瞳のことを。

何日も涙が出て、目を泣き腫らした日々。大事な人を見送ることがこんなに悲しいことだと知った当時の感情が甦ってきた。

一応の研修が終わり、毎日仕事を覚えようと緊張の日々が過ぎていった。

一ヶ月が過ぎ、覚えることも多く、大変なこと、楽しいことが次々とあった。人との関わりも多少嬉しいことであった。

父の心配や、母との関係などいろいろあるが、仕事に行くことで、ある意味解消するものがあることは確かだ。

美和子は、確実に自身の基盤を固めていった。

共感のひととき

勤め始める前のこと、同窓会で電話番号を知らせていたS君から連絡があった。

「元気？」

「元気だよ」

「まだ、こちらに帰ってきてからあまり日にち経ってないから、案内するよ」

「いいわね」

「いつが良いかな」

「仕事の都合があるでしょうから、休みの日にでも。私は、まだ仕事してないから動きやすいよ」

「じゃあ、木曜日の十一時に」

「どこで」

「○○ショッピングセンター」

「わかった」

「じゃあ」

そんな会話があった。


そして、木曜日、ふたりで会った。

「久しぶり」

「やぁ」

「どこへ連れて行ってくれるの」

「とりあえず、ラーメンを食べに行こう」

「うん」

「車に乗って」

「うん」

十分ほどで着いた。

「良かった。あまり並んでない」

「行列するの」

「少し遅い時間になると結構待つから、ちょうど良かった」

中に入ると、カウンター席が十五席とテーブル席八席くらいで、ほぼ満席状態であった。

「おばちゃん、ラーメンふたつとチャーハンひとつ」

「そんなに食べられるかな」

「美味しいから食べてごらん」

店の中は静かで、ラーメンをすする音だけがしていた。

「お待たせしました」

「来た来た。食べよう」

まず、スープを飲んだ。

「こんなに透明なスープなのにコクがあり、とても美味しいわ」

「伸びないうちに食べよう。チャーハンも美味しいよ」

「うん」

食べることに集中して、あっという間に完食してしまった。

「美味しかった」

「そうだろう。良かった」

ラーメン屋でおしゃべりするわけにもいかないので、すぐに車に乗って移動した。

「おしゃれな喫茶店があるので、行こう」

「うん」

しばらく車を走らせる。どこだろうと美和子は思った。すると、田んぼの真ん中にコンクリート打ちっぱなしの建物があった。意外だった。

「ここだよ」

「へー、楽しみだわ」

「まぁ、入ってみて」

「こんにちは」

「いらっしゃいませ」

入り口近くにカウンターが五席あり、そこに座ることにした。

「田舎の店にしてはおしゃれでしょ。コーヒーでいい？」

「いいよ」

「ところで、仕事は決まったの」

「ほとんど決まったと言うか、決まりそうだよ」

「それは良かった」

「S君は今何をしてるの。いつ帰ってきたの」

「五年前かなぁ」

「ごめんね、いろいろ聞いちゃって。言いたくなかったら、言わなくていいけれど」

「別にそんなことないよ。母が急に亡くなって、父ひとりになって。それだけじゃなくて、僕自身もいろいろあって帰ってきたわけ」

「奥さんはどうしたの」

「別れた」

「ごめんね、言いたくないことを聞いてしまって」

「いや、美和子もそうだろ。同窓会の時に言ってたでしょう。いろいろあったんだなぁって思ってたよ」

「お嫁に行ったり、県外の大学に行ったり、そのまま就職してしまったりと、なかなかUターンして帰ってくる人ばかりではないものね」

「そうだよ。僕も東京で就職して、転勤があったり、子供の都合もあり単身赴任したり、別の人ができたり……つまり、全面的に僕が悪いんだけれどね」

「そうなんだ。許してもらわなかったの」

「いや、悪いのは僕だから。今でも奥さんのことは、僕にとっては一番の女だと思っているよ」

「どうして？　そこまで思っているなら、なぜ」

「別の人に子供できたし」

「えっ、大胆なことを。引き取らなかったのね」

「本当に、全面的に僕が悪いから。悪いことしたから、許してなんか言えないし、責任取ることは当然だから」

「なんか男らしいね。格好良すぎる」

「そうかなぁ。僕は、これが普通だと思っているから」

「お父さんは、おいくつ」

「九十二かな」

「お元気？」

「姉が松山にいるけれど、ひとりで、電車で会いに行ってるよ」

「それは羨ましいわ」

「あまり構ってないから、男ふたりの生活だから。自分でできることは、自分でするように仕事を与えるというか、やらせるようにしてるよ」

「私の父は認知症だからだめですね」

「そうなんだ。僕の父は、頭はしっかりしていると思うよ。のんびりとしてると刺激がないから、時々は刺激を与えるようにしているよ」

「どんな刺激を」

「心配させることだよ。子供のために親は一生懸命になるからね」

「そうなんだ」

「美和子も、もっと心配させるといいと思うよ」

「心配させることによって、脳も活性化するってわけね」

「そうだよ」

「でも、なかなかそうはいかないと思うけれど」

「この年になると、そんなに心配させることはないけれど、親子関係っておもしろいもので、子供がいくつになっても親は、子供に思ってるみたいだよね」

「まさか、行き先を言わないで出かけたりすると怒るとか？」

「そう」

「そうか。それで納得できたわ」

「何が」

「先日の同窓会の帰りが遅くなった時に、私が高校生の時のように父は心配してたわ」

「そうそう。どこ行ってたとか、誰と一緒だったとか」

「S君でもお父さん、心配してる？」

「してるよ、普通に。もちろん、高校生の時とは少し違うけれど。明らかに、寂しいから早く帰ってきて的なところがあるね」

「そうなんだ」

「親子って」

「ふふふ」

ふたりで笑っていた。

美和子はこんな感じで会って、いろいろなことを相談したり聞いたり笑ったりとこれからもできたらと思うと、楽しくなってきた。

S君とは今後、どんなふうになっていくかなんて、あまり考えないようにしようと思う。楽しければ、それでいいじゃないと感じていた。

偶然の再会

美和子は、もともと体を動かすのが嫌いではなかった。

スポーツクラブに入会して、エアロビ、ヨガ、ヒップホップ、ボクササイズなどをしたことがある。決まって同じプログラムを選ぶのではなく、時間を見つけては、その時にできるプログラムを選んで、汗をかいて楽しんでいた。

知らない人の中に入って恥ずかしいと思うこともなく、ひとりで楽しんでいた。プログラムがうまく合わない時は、ランニングマシン、エアロバイクなどのマシントレーニングなどを選んだ。この習慣は、体型を維持するのにちょうどよかった。

しかし、実家に帰ってきてからは汗をかくこともなく、今まで離れて暮らしていた両親との同居、慣れない仕事と、いつのまにか、それなりにストレスをためていた。

それをどう解消するかと考え、とりあえず、できることを始めてみようと美和子は思った。

「そうだ、以前少し個人レッスンを受けていたゴルフをやってみよう。時間がある時にできるじゃない」

と思いついた。

しまっておいたクラブを車に積んで、練習場に行った。一番端の鏡の前に場所を確保し、素振りから始めた。鏡を見ながら、思い出しながらスタンスを決めてクラブを振ってみた。

アララ。残念。想像していたフォームと違うなあ。

ボールを打ってみた。飛ばない。力がないからだけど……。

鏡を見ながら、五十球程度練習した。

少し汗が出てきた。

なかなかいいかも、と思えた。うまくはないけれど、すっきりとした。私にだってできるじゃないという気になった。少しずつ始めて、焦らずにゆっくりとやっていこうと思った。

心地よい筋肉痛になった。

何日か経って、時間が空いたので、クラブを持って練習に行った。

車を止めて受付に行くと、誰かがこちらを見ている。

あら、と気づいた。それは、同窓会で会ったけれど話はあまりしなかったT君だった。彼がゴルフをすることは聞いていた。

「こんにちは」

「こんなところで会うなんて。練習に来たの？」

「そうだけど、下手なので、お見せするようなものではないですが」

「一緒に練習しよう」

「はい。教えてくださいね」

「行こう。行こう」

「恥ずかしいからあまり見ないでね」

「とりあえず、打ってみよう」

T君の目の前で、フルスイングするものの、うまく飛ばない。

「あ～あ」

「いいよ。打ってみて」

「先生、教えてください」

「う～ん、手の構え方、こうしたらいいよ」

「はい」

「もっと打ってみて」

何球か打つが、いい当たりとは言えない。

「あまり見本にはならないけれど、見ていて」

とT君は、綺麗なスイングを見せる。

「私が言うのも変ですが、軽く打って、プロみたいにうまい！」

「回数は、結構行っているから」

「そうですか」

「こんなところで練習しているより、コースに行ったほうが楽しいよ」

「次は、いつ行くのですか」

「明日」

「えっ」

「どこへ？」

「Eカントリークラブ」

「女子プロのトーナメントのある名門コースですよね」

「今度一緒に行きましょう」

「えっ、足手まといになりますよ」

「いやいや、ここで練習しているより楽しいよ。気持ちいいし」

「そうなんですか」

「そうだよ」

何球くらい打っただろう。美和子は、自分が下手なことが恥ずかしかったものの、話が楽しくなっていたのでウキウキしてきた。

「今日は、あまり打ってないけれど、恥ずかしいので、このへんで帰ります」

「そう。今度誘うから、コースに行こうね。電話番号教えて」

美和子は携帯の番号を教えた。

「連絡するね」

「ありがとうございました。先生」

「先生だなんて」

「じゃあ」


美和子は、心の中で、見られても恥ずかしくないくらいになれるよう練習しようと決心した。

コースに誘ってくれたけれど、あまりあてにしないで待っていよう。とりあえず、もう少し練習して慣れておこうと思った。


美和子は休日になると、できるだけ打ちっぱなしに行って練習するようにしていた。

二週間くらいが過ぎた頃、T君から電話がきた。

「そろそろコースに行かないかなあと思って」

「本当に誘ってくれるの」

「来週、休みはいつかなあ」

「私、コースに行ったことないけれど、大丈夫かしら」

「大丈夫だよ」

「わかった。覚悟を決めたわ」

「そんな大げさなことを」

「いろいろと教えてくださいね」

「よし。ハハハ」

「火曜日か木曜日」

「じゃあ、木曜日に行こう」

「嬉しい。よろしくお願いします」

「楽しみにしているね」

「では」

美和子は足手まといになるのではないかと心配だった。

でも、心配していても仕方ない。開き直って楽しもう。コースを歩くのは、きっと気持ちいいことでしょうと楽しみにする気持ちのほうが勝った。

そうだ、これからはとことん楽しまなくちゃという感情があった。


妙に緊張して、コースデビュー当日を迎えた。美和子は、デートでもないのに服装を気にしていた。あれれ、と自身でも思う。

T君が迎えに来た。

「おはようございます」

「おはようございます。今日は、よろしくお願いいたします」

そこそこの天気に恵まれて、日焼け対策も万全にして出発した。

ゴルフ場に着いて、パターの練習を少しした。カートにバッグをセットされて、いざ出発。楽しもうね、と美和子は自分に言い聞かせた。

「お願いします。何もわからないので、教えてくださいね」

「大丈夫だよ。お天気も良いし、楽しもうね」

「ご迷惑をかけますが、嫌がらずにお願いします」

「さあ、行こうか」

「はい」

美和子は、この年齢になって新しいことに挑戦することに、新鮮な気持ちと不安とが入り混じって、緊張していた。T君は、美和子の気持ちをわかっていたのか、とても優しく接してくれた。以前T君に会った時とは違う。美和子は手が震え、顔は赤くなって、学生時代の初デートのようにドキドキしていた。

「どうしたの。リラックスして。肩に力が入っているよ」

「そうかしら。どうしたのかしら、緊張するわ」

「この前の練習したように打ってみれば、大丈夫だよ」

「はい。先生」

結果は最悪だったけれど、初めてにしては一三八はいいほうではないかしら。美和子は、内心大満足だった。

「帰り道で、コーヒーを飲みに行こうね」

「はい。反省会をお願いします」

「行ってみたいカフェがあるから、行きましょうね」

「はい」

美和子は、T君とは楽しく過ごせて、ウキウキする自分を感じていた。何がいいのか、一緒にいると、心が楽になるような気がした。


次の日、T君にお礼のメールをした。

美和子は、自分自身がワガママなことはわかっているが、これからの人生を考えた時に目的もなく日々を過ごすのは耐えられなかった。親との同居で、今、美和子がここにいることは、自分自身にも良いことでもあり、親に対するこれまでの申し訳なさもあった。

でも、自分の人生もある。全ての時間を両親に使う必要はないとも思う。自分の時間をこれからのことに使おう。行きたいところに行き、見たいものを見る。そして、体を動かす。その中に、男友達と趣味が合えば、出かけることもいいだろう。女友達とおしゃべりをするのもいい。楽しい時間が増えると、心が健康になる。自然と笑顔になる。

今まで楽しいこともあったけれど、辛いこともあった。そして、自分も悪いのに、人のせいにしていた。そんな思いでいた日々は、笑顔もなく、落ち込んで、暗い顔をしていたのだろう。今と違うのは、何も楽しいと思っていなかったことだ。でも、帰省したことによって友達との再会の機会が増え、その友達にもいろいろな人生があり、今までにいろいろなことを乗り越えてきているのを見ると、自分なんか大したことはないなと、美和子には思えた。そう長くはないこれからの人生を楽しもう。時間の許す限り。そう考えると楽しくなってきたのだった。

美和子は、T君と同じ時間を過ごすことはとても嬉しいことで、とてもほっとすることに気づいた。

秋のある日

父の治は、介護認定「要介護2」をもらった。週に二回のデイサービスに通うようになった。

朝八時三十分頃に迎えが来て、夕方四時頃に送ってもらうようになった。

一日の過ごし方は、午前中にお風呂、リハビリ、マッサージ。昼食をとって、午後から行事があれば、それを優先する。たとえば、お茶の会（抹茶のお手前に来てくださる）や、近くの幼稚園の子供たちが訪問してくれたり……といったものだ。

やっと生活のリズムが整ってきていた。

そんなある日、美和子の休日に、母の良美と友人と一緒に大窪寺に行くことになった。通常の道を通ると、車で五十分から一時間くらいで行けるところにあった。大窪寺は、四国八十八か所霊場の八十八番結願所である。八十八か所を巡礼している参拝客には感慨深い寺である。

大窪寺の石段を上がると藤棚があり、大きな銀杏の木も有名である。

行基菩薩に始まり、弘法大師が奥の院の岩窟で修行し、中国の恵果阿闍梨《けいかあじゃり》に授かった錫杖を納めて山の窪地に寺を建てたことから、大窪寺というとある。

銀杏はまだ色づいていないけれど、お天気は良く、絶好のドライブ日和であった。

参拝が終わり、ちょうど昼時で、お腹もほどよく空いていたので駐車場のそばの店でお昼にした。香川名物はうどんである。この店では煮込みうどんが有名で、三人で舌鼓を打った。

美和子は、四国八十八か所を回りたいという気持ちはあるが、お遍路衣装になって巡礼するにはまだ早いような気がした。そこまで信心深くないので、もう少し時間をかけて、精神を修養する気になったらということで、とりあえず、ドライブのついでに記帳所に行って記帳してもらうことにした。何年かかるかわからないけれど、死ぬまでには八十八か所巡礼をしてみようと思う。

大窪寺からの帰り道に道の駅に寄り、地元で採れた新鮮な野菜や果物を買って、スイーツとコーヒーで、少し休憩をした。帰りは高速道路を使った。あまり疲れない程度のドライブを無事終えて、良美の友人はありがとうと繰り返し、とても満足していた。良美も口には出さないが、満足していた。

美和子は、少し親孝行したかなと満足した。

これから、少しずつ地元を散策するのもいいなあと思った。

友達との別れ

平成二十三年夏、地元にいる高校の同窓会の幹事メンバーで集まることになっていた。

美和子も誘ってもらって、暑気払いということで、ホテルのバイキングに行くことになった。三十人近く集まり、いつもまとめ役をしてくれるK君を中心に打ち合わせが始まった。K君はそれぞれのテーブルを回り、近況報告を聞き、次の同窓会はどうするなどと言い合って、楽しく時間が過ぎていた。

ホテルのバイキングは時間制限があり、そろそろとお開きになった頃、K君の姿を探したが、見当たらなかった。いつもなら、二次会も出るはずのK君なのに、どこへ行ったのかと思った。

あまり考えることもなく、話足りない者同士は、それぞれに二次会に流れていった。

美和子は、女友達とバーガーショップへ行き、おしゃべりに興じた。次の同窓会はどうなるのかしらねとか、夫のことや子供の結婚のこと、親の介護のこと……など、話題は尽きなかった。あっという間に時間は過ぎ、また、女子会しましょうと言い合って、それぞれ家に帰った。

美和子は、感じた。

やはり、友達っていいな、と。会えば、高校の時の顔に戻り、気持ちも若返る。一瞬でも現実から離れて、楽しいことを言い、笑える。高校の時は許せなかったことでも、今なら笑って済ませられる。

それから一週間後、今度は中学時代の同窓会の打ち合わせがあり、その二次会の時に、K君のことが話題に上った。

中学の幹事会のO君が言う。

「美和子、K君入院してるんだって、知ってる?」

「えっ。そう言えば、先週、高校の集まりがあった時にK君、いつもなら率先して二次会に行くのに、消えていなくなってたわ。悪いの?」

「う～ん」

「ここでは話しにくい？」

「そう」

「わかった。別口で」

美和子は、高校の幹事会のK君の様子を思い出していた。K君の顔色は悪くなかった。ただ、ビールなどを友達に勧めてはいたけれど、自身はあまり飲んでいなかったし、食べていなかった気がする。心配になってきた。


翌日、うまく時間が合い、O君と会えることになった。

「昨日は、どうも」

「実は、K君、……悪いんだ」

「会ったの？」

「いや、まだ」

「お見舞い行きたい」

「相当悪いんだよ。どういう顔をして、会いに行ったらいいのか……」

「何なの？」

「膵臓がん」

「えっ」

「K君のお父さんも四十五歳で膵臓がんで亡くなっている。K君は、親父より長生きできたと喜んでいたけれど……」

「わかった。お見舞いに行く？」

「今日行ってくるよ」

「様子を知らせて。私もお見舞いに行きたいので」

「よし、知らせるよ」


美和子は、膵臓がんの言葉を聞いた時に、もう体が震えていた。

K君は、地元の町会議員をしていた。美和子は帰省するまで、彼が議員をしている なんて知らなかった。高校時代、同じクラスにはなったことはないが、隣のクラスで、顔は知っていた。同窓会の幹事としては、リーダーシップがあり、日程、案内状、ホテルの手配など、決めることは、いつもあっという間に決定していて、みんなをまとめる力に優れていて、いなくてはならない存在であった。

美和子は、現代の医学は進んでいると思っている。しかし、癌と聞くとイコール「死」という言葉が浮かんでくる。そして、従姉の瞳の死をやはり思い出さないわけにはいかなかった。今すぐ、K君のもとへ行けるわけではないけれど、どうしても気になってしかたがない。O君の連絡が待ち遠しかった。

翌日の朝、O君から連絡が入った。

「どうだった」

「う〜ん。あまり良くないね」

「会えるかな」

「俺は、毎日行こうと思ってる。俺とK君は、知り尽くした仲だから……」

「そんなに、悪いの。私、今夜仕事帰りに行きたいけれど、無理かな」

「連絡くれれば、一緒に行くよ」

「わかった。では、後ほど」


O君は病院の入り口で待っていてくれた。表情が険しかった。

「病室まで、連れて行って」

「よし、顔を見ても驚くなよ」

「わかった」

エレベーターに乗って、病室まで進む。

「こんばんは」

おそるおそる病室のドアを開けて覗くようにした。K君の顔が見えたら、美和子は満面の笑顔を作って、対面した。

「K君、どうしたの。元気そうだね。良かった」

K君は顔色が悪く、黄色がかった肌の色をしていた。

「ありがとうね」

「安心したよ。みんなで、還暦お祝いの京都旅行に行かなきゃね」

と、美和子は、自分の心配そうな表情を悟られないように言った。

「嫁さんの恵子だよ。少し足が痛くてさすってもらっているんだよ」

とても可愛いお嫁さんだった。

「初めまして。いつもお世話になってます」

と、恵子さんは答えた。

「こちらこそ、お世話になってます」

と、美和子が答えた。

「今日は、少し足が浮腫んでいて痛くて、さすってもらうと楽なんだ」

と、K君は少し照れくさそうに言った。

「奥さん、良くしてくれるのね。優しいね。羨ましいわ。夜遅くに来て、ごめんなさいね。もう失礼するわ」

「ありがとね」

「また来るわ。元気になって、また、みんなで飲もうね」

「おう」

美和子は驚いた。K君の顔色は、黄疸が出ていて黄色くなって、足はパンパンに浮腫んでいた。

奥さんの恵子さんが病室の外まで見送ってくれたが、病室のドアを閉めた途端に目から涙がボロボロとこぼれた。O君は、何もかも知っている様子で慰める。

「恵子さんがしっかりしないと、K君が心細くなるよ」

「わかってるよ。わかってるけれど」

美和子も一言、添えずにはいられない。

「私からは何を申し上げればいいのか……とにかく、お体に気をつけて、お大事にね」

「いっぱい心残りがあるけれど、しっかりと看てあげるわ」

「また、来ます」

美和子はショックだった。本当は、声を掛けるのが精一杯だった。

「できるだけ悔いの残らないように、会いに来ようと思ってる」

と、O君は言った。

「そうだね。特別の関係だったのでしょう? 私は、様子を見て、来られる時に来てみるわ」

と、美和子は言った。

病院の駐車場まで、美和子とO君は、一言もしゃべらなかった。

「じゃあ」

「何かあったら、知らせてね。ないことを祈ってるけれど」

「わかった」

美和子は、これからK君に何をしてあげられるか……と思うが、何も思いつかない。時間を作ってお見舞いに行こうとだけ思う。

数日が過ぎて、O君から連絡が入った。

「K君は今日、四国癌センターへ転院したよ」

「松山の？」

「そうだ」

「……」

「最後の賭けなんだろうけれど、助かるかは何とも言えない」

「そうなんだ。少しでも良くなることを祈りましょう。知らせてくれてありがとう」

「また、連絡するわ」


美和子は、何もできない自分を歯がゆく思いながら、事実を受け止めていた。

それから何日経っただろうか。日々の生活に追われていた。

十月九日の朝、仕事をしていたら、メールが届いた。

「今、息を引き取ったよ」

と。時間が止まった気がした。

美和子は、元気なうちに会って良かった。何も役に立たなかったけれど……お話しできて良かったと思った。

翌日の十月十日のお通夜に美和子は、何人かの同級生に連絡を取って、賑やかに送ってあげようと思った。

美和子は、仕事から直接、お通夜に行った。懐かしい顔が目に入った。

「久しぶりだね。こんな時に会わなくたって……と思うけど。きっとK君が会わせてくれたのよ」

と、美和子が言った。

「そうだね。長らく会ってないから、会わせてくれたんだよ。みんな仲良くねって」

と、高校卒業以来会っていなかったM君が言った。言葉の意味の深さを感じた。

「最後のお別れをK君に言ってこよう」

と、美和子は言って、皆を誘って会いに行った。

美和子は、座敷で横たわっているK君の姿を見て、息を呑んだ。なんて言ったらいいのだろう。黄疸で黄色くなった顔色を見て、「K君、本当に頑張ったのね」と心の中で声を掛けた。でも、表情は安らかで、今にも起きてきそうだった。「K君、きっと安心したのね」と思った。

奥さんの恵子さんは、目を腫らして、

「お世話になりました。まだ、ただいまって帰ってきそうな気がして」

と言葉を詰まらせた。こみ上げる思いは、美和子にも伝わってきた。

「K君は、私が言うのもおかしいけれど、幸せだったのだと思います。心残りはたくさんあったでしょう。本人は、わかっていたこともたくさんあったのでしょう。でも、この安らかな顔が全てでしょう。お体に気をつけてくださいね」

と、美和子は、精一杯の言葉を掛けた。


告別式に出られない美和子は、目にK君の顔を焼き付け、お世話になったことに感謝して、心中でありがとうと言い、美和子なりに見送った。

ひとり同級生が逝ってしまった。

美和子は、また、従姉の瞳のことを思い出した。瞳のおかげで人の死に対する気持ちに冷静でいられるようになったことは確かだ。悲しい、寂しい、辛い……いろいろな思いを感謝の気持ちに変えることができたのは、そして、身近な人が逝ってしまった時の感情を取り乱さずにいられることは、美和子自身に受け止める気持ちが、いつのまにか備わっていたためかもしれない。

ペースメーカー

平成二十四年七月七日。

美和子は、仕事にも順調に慣れてきていた。いつも通り出社して、朝から電話応対をしていた。スカートのポケットに入れた携帯が鳴っていた。登録していない電話番号だ。仕事中だが、そっと出てみた。

「もしもし、○○病院の小林と申しますが、お父様の通っているデイケアに問い合わせて、この電話番号をお聞きしてかけております」

「何かあったのでしょうか」

「お母様の良美さんのことで、すぐに病院に来てほしいのですが」

「はい」

美和子は何が何だかわからず、父の治ではなくて、母の良美のほうに何かあったとわかった。嫌な胸騒ぎがした。

「急を要しますので、すぐに来てください」

「仕事先なので、今すぐ出ても三十分はかかりますけれど、大丈夫ですか」

「はい。気をつけてお越しください」

と、小林先生が言った。

美和子は仕事の途中だったので、上司に打ち明けて了解を得た。

病院に向かう途中、頭の中では、さまざまな言葉が浮かんでは消える。

何だろう、何があったのだろう。心配しても始まらないから落ち着け。行ってみないとわからないから気をつけて。とりあえず、行かないことには、何もわからない。

あっという間に病院に着いていた。

途中で、T君にメールを送っていた。

「突然ごめんなさい。母に何かあったみたいで、とりあえず、病院に行ってます」

「落ち着いて、気をつけて帰りなさいね」

と、T君は優しいメールを送ってくれた。美和子は気持ちが温まる気がした。

病院では言われた通りに受付に行って、小林先生に面会をお願いした。

「すみません、小林先生に呼ばれたのですが」

「はい。お待ちしてました。こちらです」

受付の係の女性に案内してもらった。

美和子は、冷静になっていた。遅かれ早かれ、何か起こる可能性はあるのだから。

受付の女性に、「こちらです。どうぞ」と、案内された。

美和子は、「失礼します」と声を掛け、ドアに手を掛ける。中から、「どうぞ」と、小林先生らしき人の声がした。美和子は入っていった。

「お待ちしてました。どうぞお掛けください」

小林先生は、ブルーグリーンの手術着のようなものを着ていた。

「お母様のことですが、今朝、佐藤先生より電話があり、早急にしないと危ないということで、こちらに来ていただいたわけです」

「何があったのですか」

「お母様に不整脈があり、脈が弱くなり、洞不全症候群でこのまま放置すると心不全になるので、脈を正常に動かすために、早急にペースメーカーを入れなければいけません。どうしますか」

美和子は、少しびっくりした。

「はい。少しゆっくり説明してください」

「驚かれたと思いますが、今すぐに危険というわけではありません。心臓の脈を正常に動かすためには、電気の刺激を与えて、不整脈になった時に補助をするために電池を体に埋め込むというわけです。危ない手術ではありません。今のままでは、危険な場合があります。危険な状態より自由に動けるようになりますので、安心できると思いますよ」

「そうですか」

美和子は、ペースメーカーについて知識がなかったので、話を聞いて安心した。

「どんな手術でしょうか」

「今は小さくなってますが、体に埋め込んで、補助する時だけ電池の電気を使うので、通常は五年くらいで電池交換することになりますが、検査をして電池の残量を調べて、使用の頻度によって、十年持つ人もいます」

「そうですか。突然心不全で亡くなることはないってことですよね」

不安をいっぱい抱えていた美和子は、そのいくつかが安心に変わってきたことを感じた。

「手術はいつですか」

「明日検査して、ペースメーカーを体に埋め込むとMRIができなくなるので、明日午前中に撮って、午後から手術しましょう」

「どのくらい入院になるのですか」

「早くて十日、二週間くらい見ておきましょう」

「わかりました。母には会えますか」

「どうぞ。入院の手続きをしていただいて、提出してください。こちらです」

美和子は、ほっとした。

ＩＣＵにいる母のところへ行く。

「大丈夫？　痛かった？」

母は、いろんな管が付いていていて痛々しかった。

「なんか、大げさで。もう帰るから」

「良美さん、帰れませんよ」

と、看護師さんに言われた。先生も言う。

「良美さん、娘さんに説明して、明日検査して手術しますので、しばらく入院ですよ」

「え！　怖いですよ」

良美は、今まで入院は盲腸くらいしか経験がなかったため、不安な顔をした。

「先生からお話を聞いたけれど、このままで心臓が止まってしまうことがあるといけないので、ペースメーカーを入れて心臓の動きを補助してもらうと長生きできるって。だから、心配ないよ。安心して、入院していて」

「父さんはどうするの」

良美は、治のことを気にかけていた。

「心配しないで。ケアマネージャーと相談して、預かってくれるところを探すから。お母さんは、安心して手術を受けてね。必要なものを持ってくるから、待ってて」

「わかった」

不安と慣れない病院のベッドで、緊張しているようにも見えた。

美和子は、母のことだけではなかった。父のことが問題だ。

どうしよう。とりあえず、デイサービスから帰ってくるまでに、母の必要なものを持ってきて、父の帰りを待っていなくてはと焦るのだった。


次の日、父は、いつものようにデイサービスのお迎えが来て、いつものように出かけた。それを確認して、美和子は急いで病院へ行く。午前中は、母の検査に付き添った。

昨日、先生から説明があったように、午後から手術だ。合間を見て、ケアマネージャーに連絡を取り、すぐに父を預かってくれるところを探してもらった。なかなか厳しいだろうと思っていた。タイムリミットが近づいていた。


手術は始まった。

「大丈夫ですよ。簡単な手術で、心配ないですよ」

と、小林先生はおっしゃった。

「よろしくお願いします。手術中は付いていなくても大丈夫でしょうか。何時間くらいかかりますか」

「二時間見ておいてください」

「父のことで出かけますから、すぐには戻って来られませんが、よろしくお願いします」

美和子は先生に頼み、母に向かっては、「頑張って」「大丈夫」とつぶやきながら、病院を後にした。


「もしもし、お父様を預かっていただけそうなところが二か所見つかりました。一か所は、U町の施設。もう一か所は、M市です」

美和子は、ありがたく、嬉しかった。

「デイサービスは、あるのですか。父は、賑やかなところでないと、多分乱暴になったりするので」

「U町は、デイサービスはないです。入居施設なので、生活をするところですから。リビングで一日過ごすところで、デイサービスのようなところではありません。M市は、昼はデイサービスがあり、夜は自室に戻って寝るような施設です。どうしましょうか。見学に行って、見てみないことには、お父様はびっくりなさるでしょうから」

「わかりました。今日聞いて、今日というわけにはいかないでしょうから、明日、M市の施設を見に行きたいので、父と一緒に行きますから、よろしくお願いします」

「はい、手配します。すぐ連絡しますので、お待ちください」

美和子は少しほっとした。あとは、父がどこまで理解してくれるか、納得してくれるかが心配だった。


病院に戻った。

母は手術が終わっていた。首のあたりから出ていた管は外されていた。点滴もなかった。顔色は良かった。

「どう、痛かった？」

と美和子は、母に尋ねた。

「怖かった。でも、あっという間で。これで、もう、自由にならないわね。こんなものを入れてしまったので」

と、もう、この世の終わりのようなことを言い出した。

「昨日、先生から説明があったでしょう。これを入れると長生きできると」

と、付け加えて母に言ったが、どうも、理解するまで時間がかかりそうな気がした。

あっという間に一日が終わった。父がデイサービスから帰ってくる。夕食を作らなければ。父は煮物が好きなので、今日は肉じゃがとさばの塩焼き、豆腐の味噌汁、卵焼き、大根の漬物。美和子自身、「私もすてたものじゃないわ」と自負した。

ほどなく、治が帰ってきた。

「おかえり」

「おう」

と、治は機嫌がいい。

「今日は、デイサービスで何かした？」

と、美和子は、おそるおそる父の様子を見ながら聞いてみた。父は、

「何も特にはない」

と、そっけない。

「そうなの。お風呂入ったでしょう。気持ち良かったでしょう」

「おう」

「あとは？　行事はなかったの」

「何もない」

これ以上聞くと怒りそうなので、美和子は聞くのをやめた。そして、明日施設を見学に行くための話を切り出してみた。

「明日か明後日、デイサービスはお休みなので、見に行きたいところがあるから行ってみようね」

と、美和子は、いつもよりニコニコして切り出してみた。

「どこに」

「M市だよ」

と、言った途端、父の様子がおかしくなった。

「わしは、行かん」

美和子は、ガツンと殴られたような気分がした。父はなかなか手強い。


翌朝、電話が鳴った。ケアマネージャーからだった。

「お父様の施設見学、明日の午前中でよろしいですか」

美和子は、少し前に進めたと思った。

「急で申し訳ありません。無理ばかり言って。十時でよろしいでしょうか」

「その段取りします。では、よろしくお願いします」

美和子は、父を受け入れてもらえるのであれば、あとは父を説得するのみで、母のことも気になるけれど、ひとまず、ほっとした。

食事が終わると、父に告げた。

「買い物があるので、少し留守番をしててくれるかしら」

そして、急いで母のいる病院へ向かった。

次の日、いつものように、治は早く起きてきて、ゴソゴソと朝のパンを焼こうとしていた。美和子は気になって、早く起きていた。

「おはよう。早起きだね」

美和子は、父が母のことを気になって探し始めるかなあと思っていたが、何も探す様子はなかった。

「腹が減ったから、早くしてくれ」

「はいはい。少し待ってくださいね」

美和子は朝食の準備をした。治は、毎日、ホットコーヒーと、トーストにマーガリンを塗り、砂糖をかけて食べるのが日課だった。

コーヒーにも砂糖をスプーンに五杯入れて、見ていない時には、それ以上入れていた。以前は、そんなに砂糖は入れていなかったような気がするが、認知症になると、味がわからなくなるのか、それとも、味音痴になるのかしらと思ったりした。

治の身支度を、着る順番を間違わないように見守った。

出かける準備ができると、美和子は、父に今一度、確認した。

「今日は、お父さんがお世話になるところを見学に行くのよ」

「何で？」

「とりあえず見学に行きましょう。帰りにお昼ご飯も食べてきましょう」

と、美和子は、父が機嫌悪くならないようにと精一杯ご機嫌をとった。


待ち合わせの十時に着くように出かけた。

ほどなく施設に着いた。入り口の駐車場でケアマネージャーは待っていた。

「おはようございます」

「おはようございます。今日は、よろしくお願いいたします」

と、美和子は、父に気に入ってもらえますようにと願いを込めて言った。

「この施設は、もともと病院で、リフォームして老人ホームにしました。一階は、お風呂とデイケアの部屋です」

この老人ホームの施設長の田中さんに案内してもらった。父の顔を覗くと、険しい顔になっていた。美和子は父にささやく。

「ここのお風呂、綺麗で広いね。お父さんはお風呂好きだから、良かったね。デイケアの部屋も広くて明るくて賑やかだし、お父さんにぴったりのところだね」

と、機嫌を損ねないように様子を見ながら声を掛けた。

「田中さん。お部屋を見せていただけますか」

「どうぞ、上に行きましょう」

と、エレベーターで三階へ移動した。ほどなく部屋に案内された。日当たりの良い、窓からM城の見える部屋で、美和子は、

「お父さん、お城が見えているよ。ほら、お城好きでしょう。最高の眺めの部屋だね」

と、父が気に入るようにありったけの褒め言葉を並べて言った。父は、相変わらず険しい顔で、

「わしは、好かん」

「周りの人も優しそうだし、家のお風呂より広いし、部屋も広々として、言うことないじゃない」

ケアマネージャーの池田さんも、

「綺麗な部屋で、満足していただけると思いますよ」

と、勧めてくれた。美和子は、

「お腹も空いてきたでしょう。お昼食べてから、もう一回来ましょう」

と父に言って、少し話題を変え、父の話は、またあとで聞こうと作戦を立てた。

「今日は、ありがとうございました。いったん帰って、すぐお返事します」

と池田さんに言い、田中さんにお礼を言って、治の機嫌が良いうちに、空腹を満たしに行くことにした。

「お父さん、お好み焼き好きだから、食べに行こうね」

と、美和子は優しく気遣っていた。

よく行くお好み焼き屋に行った。

「お父さん、エビ玉でいいね。焼きそばは食べる?」

「うん。いいよ」

と、父は少し緊張したように言った。

美和子は、お好み焼きを焼きながら、父に切り出していた。

「お父さん、お母さんがまだ帰れないから、私も仕事に行くし、お父さんひとりで、留守番の時間が長くなって困るでしょう、食事にも困るからね。今日見に行ったところは広くて、明るくて、家にいるより人もいっぱいいて賑やかだし、施設の人も優しそうだし、決めましょう」

「いやだ」

と、父は拒否する。

「お父さん、今じゃひとりは無理だから、どちらかに決めるってことはできないのよ。施設に入ることしかないのよ」

「いやだ」

と、父は頑固だ。

「お父さん、お母さんが心配するから、入ってくれるほうが、お母さんは安心するよ。お母さんに心配かけると、お母さんは帰れなくなるよ。そっちのほうが嫌じゃない」

と言ったあと、父の顔を覗いた。

「ううん」

「大丈夫だよね」

父の顔を見ていると、不安そうな表情をしていたが、少し落ち着いてきた。半分わかって、半分理解できないのだろうと思う。

「ううん」

「冷めないうちに食べようね」

少し落ち着かない様子で食べていた。

美和子は少し安心して、お好み焼きの味が違うように感じた。

急いで支度をして、M市の老人ホームに父を連れて行った。

とりあえず、良かったと、母のところに報告に行った。

「どう、痛くない」

「大丈夫だよ」

「お父さんも納得して行ってくれたよ。やっとね。お母さんのことを話すと、わかったのか、観念したのか、いやいやだけど行くしかないなあ、という感じで」

と話すものの、母はあまり話を聞いていないような感じだった。

「私は、これからは、私の人生を生きていくから、お父さんのことは見られないわよ」

と、何を思ったのか、そう言った。自分の体に自信がなくなったのだろう。

「とりあえず、ベッドで寝ていると足が弱くなっているから、リハビリして鍛えて、早く帰れるようになりましょうね。病院にいると、食事のことをしなくていいから楽だよね。しっかりと先生の言うことを聞いて、わからないことがあったら何でも聞いて、良くなろうね。明日、来るから、今日はゆっくり寝てね」

と美和子が言うと、母は頷いた。

「わかった」

大変な一日が終わった。

母の言葉が引っ掛かるが、今は仕方ない。ゆっくり様子を見ていこうと思う美和子だった。


母は、手術をして二週間が過ぎ、退院した。

しばらく、父はそのまま老人ホームで預かってもらった。母が父に帰ってもらってもいいと言ってからにしようと、美和子は決めていた。

これからの人生

美和子は、五年前に実家に帰ってきてから、自身の人生の中での重要なことを学んだ。美和子自身は、父と母がこんなに急速に年老いていくとは思っていなかった。父は認知症、今は要介護4である。母のペースメーカーの手術を機に老人ホームに入った。会いに行くと、誰だかはわかっているが、言っていることは空想の世界のことである。

母は、ペースメーカーを入れて、長生きの道を選んだ。しかし、背骨が曲がってきたので体が傾いて、歩くのが遅くなっている。指摘をすると、否定する気の強さを見せてくれるので、まだまだ大丈夫だと思える。

親友の夏美は、相変わらず、夫婦関係のことで悩んでいる様子。美和子がいろいろ言っても、結局は、夫婦間で決めるだろうと思っている。それぞれの価値観が違うことを今さらどちらかに合わせようとしても無理なことで、その時の優先順位を決めて、話し合うことが大事だと思う。もっと大事なことはいろいろあるけれど、押し付けないこと、押し付けられないこと。半分目を閉じること。それから、お互いに見返りを求めないこと。してあげるのではなく、させていただいていると思うことが挙げられるだろう。

わかっていても、なかなかできることではない。美和子自身が今までの経験で悩んだことだから。

高校の同窓生であるS君とは、最近あまり会っていない。還暦を迎えていろいろ心配なこともあるが、同窓会があれば必ず誘い合って行こうと思っている。十八歳の時に戻って話をすると、当時は言えなかったことが言え、聞けなかったことが聞ける。それが、また楽しいことである。

美和子の気持ちを温かくしてくれるT君。時間が合えばカフェに行ったり、食事したりする友達だ。その距離感がとても心地よく、美和子が素になれる関係だ。この距離感を長く保っていきたいひとりだ。精神的にとても落ち着く関係になっている。

仕事も慣れるまではいろいろあったが、この年になって、美和子なりに一生懸命やってきた。早いもので五年が経ってしまった。

先輩たちに助けられて、まだ一人前にはほど遠いが、今のところ必要とされている限りは、続けていこうと張り切っている。

美和子が、この五年で学んだことは多い。

これまでの人生を振り返って、反省し、それを土台にして、ステップアップできたと思っている。

あれこれ悩んでいる暇は、ない。前に向かって進んでいかなければ、何も始まらない。

やりたいこと、やってみたいこと、行ってみたいこと、とりあえず、思いついたまま全てを書いてみるのが、美和子流だ。

実現できるかどうかは、美和子自身の気持ち次第だ。

もちろん、仕事は仕事で、気を抜かずする。

プライベートは、時間の許す限り充実したほうがいいに決まっている。

たとえば、ひとりカフェでゆっくりと時間を過ごす。好きな本を読みながら。意外にひとりで過ごしている人がいることに気づく。美和子は、自分と同じ考えの人であろうと納得する。


ひとつ発見したことがある。それは、いつもニコニコすることの重要性である。

実家に帰ってくるまでは、眉間にしわをよせて、うっとうしい顔をしていた美和子だったが、ニコニコすることで、相手から良い反応を引き出せ、自身も目の前の人に対しても優しくなれる。そんな気がする。

いろんな辛いことがあった過去は過去のことにして、前に向かうことで、顔の表情も変わってきたのだろう、職場でも、友人の集まりでも、

「美和子は、いつも可愛いね。最近綺麗になったね」

と言われるようになった。美和子自身、悪い気はしない。気が付かないうちに美和子は強くなっていたに違いない。知らず知らずのうちに。

そして、人生についても、今なら言える。

「生きるって、素晴らしい」と。

同じ一生なら、悪いより良いほうがいいに決まっている。自分のために良い人生を送れたらと、美和子はそう願っている。


忘れてはいけないことが、ある。

それは、人として生まれた以上、いずれは最期の日を迎えるということ。悩み苦しみ、喜び、泣いてこそ人生。やはり命が継がれて生きてこられたこと、育ててもらえたこと、出会ったこと、笑ったこと、全てに感謝することを忘れないようにすれば、前向きに生きていけると、美和子は思うのだった。

おわり

著者プロフィール

悠子（ゆうこ）

神戸女子大学卒業
（引っ越し経験20回）

誰にでもある生き方 美和子の場合

2016年6月15日　初版第1刷発行

著　者　悠子
発行者　瓜谷 綱延
発行所　株式会社文芸社
〒160-0022　東京都新宿区新宿1－10－1
電話　03-5369-3060（代表）
03-5369-2299（販売）

印刷所　株式会社フクイン

ISBN978-4-286-17305-4